經濟學者的14堂法學課

熊秉元◎著

爲經濟學教育請命

熊秉元

　　大約在四年前，我應邀到一所國小去演講，對象是中高年級資優班的一群小朋友。他們的老師很用心，自己設計了一套「經濟學」的教材；而且，因爲看了我的書，所以請我去和小朋友談一談。

　　小朋友聰明可愛，問了許多有趣的問題；他們把問題寫在小紙條上，我在檔案櫃裡還存了其中的幾張。演講完後，幾位老師表示，過去他們把經濟學界定在對於商品勞務的探討上；經過我的闡釋，他們發現經濟學不只是探討「價格」的問題，而且也處理更一般性的「價值」問題。

　　他們也送我一套錄影帶，是美國小學裡經濟學的教材。後來在看經濟學的文獻時，發現美國一般高中裡也有經濟學的選修課。美國經濟學學會還曾經組成專案委員會，評估高中經濟學課程的教學效果，而且公布評估的結果。顯然，在美國從小就有經濟學的教育，循序漸進；而且，這是對一般學校的學生，而不是只針對商業學校。

　　我想，美國教育體系對經濟學的重視，主要是體會到經濟學和資本主義社會密不可分。在現代的資本主義社會裡，經濟

活動已經成爲主導的力量；人的衣食住行、乃至於工作家庭，都和經濟活動息息相關。因此，一個現代公民，必須具備基本的經濟學知識。有了基本的了解之後，消極的，可以在經濟起伏裡自保；積極的，可以透過參與經濟活動，追求自己的福祉。

對於一個以資本主義（精神）爲主的社會而言，經濟學顯然很重要；相形之下，對於一個以倫常道德教化爲主的東方社會，經濟活動似乎不是關鍵所在。可是，這事實上是一種錯覺，而且是很令人惋惜遺憾的錯覺……

在社會科學裡，政治、法律、社會、經濟是公認的主要學科；而且，每個學科都有自己悠久輝煌的歷史，也都累積出非常可觀的智慧結晶。在人類摸索前進的過程裡，也都曾經在某些轉折點上，發揮關鍵性的影響。不過，自 1960 年起，經濟學的發展，已經使這些學科之間的界線變得模糊，而漸漸有一枝獨秀的趨勢。主要的原因，是經濟學者帶著他們的分析工具，大舉進入其他的社會科學領域，而且已經有非常璀璨的成果。

在社會學方面，蓋瑞貝克（Gary Becker）是眾所周知的人物。利用經濟學的分析工具，他深入的探討了家庭裡父母子女的互動、人力資本、教育等等傳統上屬於社會學的研究範圍。當他在 1992 年得到諾貝爾經濟獎時，他同時是芝加哥大學經濟系和社會系的教授。

在政治學方面，詹姆士布坎楠（James M. Buchanan）和戈登塔洛克（Gordon Tullock）聯手，開創了一個全新的研究領域——公共選擇。這是利用經濟學來分析政治現象，從根本上改

變了政治學者和經濟學者對政治過程的看法。現在,「公共選擇」已經是經濟學裡不可或缺、而且是最有活力的研究領域之一;不但在「經濟學原理」的教科書裡有專章討論,公共選擇的專有名詞也往往成爲「政治學」教科書的用語。布坎楠在1986 年得到諾貝爾經濟獎,可以說是實至名歸。

在法學方面,羅納德寇斯(Ronald Coase)的故事更是膾炙人口。他在 1960年發表的論文——社會成本的問題——不但是經濟學裡被引用次數最多的論文,也是所有法學期刊裡被引用次數最多的論文!這篇論文引發了「法律經濟學」這個新的領域,對傳統法學造成革命性的衝擊。當寇斯在 1991 年得到諾貝爾獎時,不但經濟學界額手稱慶,法學界也多認爲是遲來的正義!

經濟學和其他社會科學的互動,基本上是單方向的。當經濟學的版圖逐漸擴充時,其他的社會科學並沒有反方向的舉止。造成這種現象的,主要和學科的性質有關。經過對人類活動長時間的觀察和萃煉,經濟學已經發展出一套基礎扎實的行爲理論——人不只是在市場裡會趨吉避凶,在其他的活動上顯然也是如此。相形之下,社會學的理論往往是一家之說(韋伯、馬克斯、涂爾幹等等),而不是放諸四海而皆準的一套理論架構。在政治學和法學裡,情況也很類似。因此,理論上的優勢,使經濟學者可以帶著自己的分析工具(好像是一把萬能鑰匙),去探索其他領域的奧妙。相反的,其他社會科學的研究者,卻沒有能夠相抗衡的理論。

不過,理論上的優越性只是故事的一半,另外半個故事和

這些社會科學所研究的問題有關。在經濟學裡，大致上分成「個體經濟學」和「總體經濟學」；個體經濟學探討的主題，主要是個人、家庭、廠商、市場結構；總體經濟學所探討的主題，主要是整個經濟的物價水準、就業情況、經濟成長等等。可是，在個體和總體之間，事實上還有一些「中層問題」（middle range issues）。當個別消費者的偏好相加之後，會成為一群一群的消費者。這些消費群的偏好不再是個人的偏好，但也不算是整個社會的偏好，而是介於兩者之間的一種現象。同樣的，產業和產業之間的消長，也不是個體和總體層次上的問題，而是處在兩個層次之間。就目前經濟學的發展而言，最強的是個體經濟學的部分，因為研究主題明確、焦點集中。在總體經濟學部分，雖然有各式各樣的模型、也有強調個體基礎的總體架構；可是，因為處理的層次過高、涵蓋面過廣，到現在為止還沒有眾議僉同的理論。對於「中層問題」而言，現有經濟學的分析工具，事實上還不太能有效的處理。

　　由研究主題上的劃分，就比較能體會經濟學和其他社會科學互動的差異。以社會學而言，雖然個人和家庭也是研究重點，可是整個學科的關鍵，是有關社區、社會化、宗教等等「中層問題」。同樣的，政治學所探討的，主要是政黨、選舉、政治文化這些「中層問題」。對於中層問題的分析，經濟學並沒有好的分析架構，社會學和政治學也沒有；所以，雖然經濟學和社會學以及政治學的互動已經有相當的成果，可是大部分是集中在「個體經濟學」的領域裡。

　　相形之下，法學分析的重點，就是幾千年來原告被告之間

的紛爭，而這正是個體經濟學的專長（消費者和生產者的對峙）。因此，在經濟學往外擴充勢力的發展上，「法律經濟學」的成果最為豐碩。法律經濟學的專業期刊已經有不下十種，而且還持續的增加；這都不是「經濟社會學」和「經濟政治學」（公共選擇）所能望其項背的。因此，經濟學和其他社會科學結合之後的果實，主要和兩個學科所處理問題的性質有關。

　　不過，即使在不同的社會科學裡，經濟學者努力的成果有程度之分，經濟學的基礎性和重要性已經顯露無疑。學習經濟學，不只是了解資本主義社會裡的經濟活動，更重要的是掌握一套分析社會現象（而不只是「經濟」現象）的工具。對於一個強調倫常道德和風俗習慣的傳統社會而言，更值得以經濟學的分析工具、了解和掌握倫常道德和風俗習慣的意義，並且與時俱進、日新又新。譬如，在農業社會裡，因為要一起耕田除草收割儲藏，天災人禍時還要互通有無，所以兄弟之間必須要有濃厚的「手足之情」。在工商業社會裡，兄弟之間不需要在生產消費保險上彼此支援，手足之情的內涵自然有所不同。

　　在黃有光院士訪問台大經濟系的期間，我們多次談到「經濟學教育」這個問題。我們都覺得，在高中、國中的課程裡，值得加入經濟學的課目。對於人的思維和行為，經濟學的世界觀會有非常深遠的影響。

　　當然，我們也都知道，如果要把經濟學當作像數學物理化學一樣的基本課程，一定會引起社會學者、政治學者、法律學者的異議。相信他們也能為自己的學科講出一番道理，也都會希望自己的學科是基本課程的一部分。對於這個問題，我們似

乎也想不出什麼好主意；不過，在大處著眼之外，黃有光大俠
（因爲他寫過武俠小說，所以我尊稱他爲大俠）採取的是小處著
手的方式：除了學術論文之外，他還寫了許多一般性的文章；
希望藉著每一個人日常生活裡都會碰上的事物，闡明經濟學對
這些社會現象的解釋。他曾經多次提到，經濟學的專業論文看
的人少，而一般性的文章看的人多，影響力也大。所以，他是
帶著一種傳教士的情懷，念茲在茲的希望能宣揚經濟學的教
義。

　　對於大俠高瞻遠矚的視野、悲天憫人的胸懷、以及身體力
行的堅持，我心有戚戚焉。在大俠出書之際，謹記上數語以誌
其盛，除了表達我由衷的敬佩之外，並且希望我們對經濟學教
育的期望能早日實現！

後記：

　　這篇序，是爲黃有光教授的書《經濟與快樂》所作。在精
神上，其實也很適合作爲我自己這本書的序——藉著書裡的故
事，我希望能烘托出經濟學的趣味、以及經濟分析的特殊視
野。

　　這一本書的內容和結構，值得稍作說明。全書共有十四
章，每章是以四篇文章組成；最後再加上一小段「琢磨」，是對
前四篇文章的總結、回顧、和沉吟。各章的四篇短文，是由這
兩年的作品裡選出；然後，再依文章的性質，分別編進各章；
而各個短文，原來都是單獨成篇，個別發表過。而以四篇爲一
組，等於是由四種不同角度，闡釋同一個主題。除了作爲一般

性的閱讀之外，也適合作爲公共政策、法律經濟學、或經濟學等課程的討論材料。

　　最後，是我的一點感懷，在某種意義上，讀者和我一起成長，一起經歷思維上的猶豫和掙扎，也一起享受智識上的驚奇和喜悦。十餘年來，我寫作的動力，固然是因爲有意識的選擇；但是，在相當的程度上，也是來自於這一群「小眾文化」讀者們的肯定和支持。希望這本書的內容，不會讓他們失望，也能再次引起他們的共鳴。

2004年4月16日

和小朋友談經濟學

1

1-1　和小朋友談經濟學

兒子讀小學五年級，每天到學校之後七點半到八點半是早自習；為了減輕級任老師的負擔、並且增加家長的參與，家長們自告奮勇、輪流上陣，陪王子公主們讀書。家長們各有各的工作，所以原則上是自願；而且，最好能介紹一下自己的專業，好讓小朋友多識草木鳥獸之名。

雖然我的專業很有趣，而且我也寫了數以百計的文章，闡揚經濟學的智慧；但是，想到要到兒子的班上「傳教」，還是有點不是滋味。上上個學期，有次早自習來的家長是一位空軍試飛員；他穿著英挺的空軍制服，還帶了許多漂亮的飛機別針，送給小朋友。飛將軍風靡全場，小朋友們都非常興奮。

兒子回家告訴媽媽，說他舉手問了一個問題，飛將軍很讚許他的問題。媽媽順口問了一句：「那你為什麼不請你爸爸也到班上去講？」「可是，爸爸『只是』教授而已！」兒子答道，口氣不勝惋惜。

雖然我自我安慰，這是近廟欺神，可是心裡還是有點疙瘩。因此，本來早就該輪到我們去帶早自習，我還是一拖再拖；在內人軟硬兼施之下，我終於答應上陣。確定時間之後，我幾經思索，選了自己的三篇文章，印給小朋友；請他們先看，到時候討論。我希望以他們的生活經驗為基礎，闡明一些重要的經濟學概念。

第一篇文章，是〈施明德與經濟學〉；在這篇文章裡，我描述施明德讀小學時的故事：為了想買小鳥來養，零用錢花完

之後，就拿爸媽的錢。一旦被發現，少不了一頓好打。可是，打完之後，他還是拿；被發現了，又是一頓。他覺得：「不論追求什麼，都要付出代價！」

這個故事，小朋友當然看得懂，可以清楚的烘托出經濟學的核心觀念──成本。而且，還可以進一步的發揮：買一份報紙，要花15塊錢，這固然是成本；可是，到便利商店跑一趟，來回所花的時間心力，也是成本的一部分。因此，成本不一定是金錢上的付出，而很可能是其他比較抽象的價值。

此外，成本還隱含「比較」的概念：如果上網路打電動，就不能準備功課；反之，亦然。而且，每一種選擇，往往是利弊參雜。到小池塘釣魚，只會釣到小魚，但是風險也較小；到海邊去釣魚，可能會有大魚上鉤，但是也比較危險。既然行為的取捨之間，彼此互相排斥；所以，小朋友在選擇的時候，就值得好好斟酌比較。

第二篇故事，是〈大家都站著〉，描述人多時的現象：在球場裡看球時，某一個觀眾先站起來看球，視野開闊。其他的人陸續效法，最後大家都站著。可是，因為大家都站著，所以彼此遮擋；視野和原先一樣，但卻失去了坐著看球的舒適。「大家都站著」的現象，其實非常普遍：大家都送小朋友上才藝班，都請家教或補習，都往都會區裡搬，都在週末假日時開車出遊。每一個人都選擇對自己而言、合情合理的行為，但是結果卻是均蒙其害！

在小朋友的生活經驗裡，「大家都站著」的情形也所在多有。下課（或地震）時，小朋友都想衝下樓，到操場上去；每

個小朋友都選擇對自己而言合情合理的行為,結果卻可能造成意外和傷亡。還有,在教室或餐廳裡,為了讓別人聽清楚自己的話,就提高聲音;每一個人都提高聲音,最後是鬧哄哄一片,大家都倒楣!

第三篇文章,是「大象國有化之我見」。在這個故事裡,我以歷史上歷次北極探險隊為例,說明私人組織的探險隊比政府支持的成功。我也提到,為了保育大象,非洲的肯亞把大象國有,結果數目持續減少;相形之下,辛巴威把大象歸給各個部落「私有」,結果大象數目慢慢增加。

我要強調的觀念,其實很簡單:在運用資源上,民間(私人)比政府(公家)好。這是通則,而且是經濟學者普遍接受的信念。

把這三篇文章印好,請小犬交給老師、轉發給同學之後,我才意識到一個微妙的問題。前兩篇文章(成本和大家都站著)的故事,在五年級小朋友的生活裡,都能有呼應的經驗;因此,要闡揚經濟分析的理念,水到渠成。可是,第三篇文章所描述的政府(公家),和小朋友的生活經驗卻有一段距離。

而且,在小朋友的世界裡,負責維持秩序、照顧大家利益的是老師、班長和爸媽。因為相關條件的配合,使得這些「公權力」的代表,在相當程度上確實是無私的、是有效率的、是符合公平正義的。因此,要向小朋友們闡明「政府比不上私人」這個重要的概念,似乎並不容易。

當我踏進小犬的教室、開始講故事時,腦海裡還在琢磨這個難題。還好,對於前面兩個故事,小朋友們都很有興趣,討

論得很熱烈。等到要進入第三個故事時,時間已經到了;我也就順水推舟,請小朋友們等待下回分解。

不過,這段曲折卻讓我發現了一個問題:在經濟學者的眼裡,一般人對政府常有的期望——大有為、造福民眾、實現公義——其實是一種不切實際的錯覺;而這種錯覺的來源,是不是和小時候的生活經驗有關呢?

對於這個問題,我真的不知道答案是什麼!

1-2　第一堂星期五的課

幾年前開始,我在研究所開了一門「法律經濟學」;修課的,大都是法律研究所的學生。在聯考裡,法律系的分數一直是名列前茅;學生們的資質,當然不在話下。可是,我卻覺得,經過四年的法學薰陶,這些英才似乎都被磨成了思維僵化、只會考試的中等之資。

我希望,有機會能教法律系大學部的課程,能「從根救起」。今年學年開始前,系裡排課;教法律系大一經濟學的老師,剛好休假,沒有人接手。我自告奮勇,願意從城中區回到校總區(半小時的車程),教這門課。法律系分成三組,其中財經組必修經濟學;另外兩組(法學和司法),經濟學是選修。每組學生有50位,所以我猜大概修課同學會有80到100位。上課的規模並不理想,但是差強人意。

處理稀少性資源的運用

前兩天開學，我接到選課名單，嚇了一跳。系上開了十幾班的經濟學，提供經濟系和其他科系的同學選修。人數最少的一班，有23位選修；人數最多的一班，有400位，就是我教的那一班。即使是星期五下午的最後兩堂課，竟然還有這麼多人想修。

學校裡最大的教室，也只有250個座位；400個人上課，有不少人要站著或坐在地上。可是，即使有更大的教室或動用禮堂，我還是不願意修課人數這麼多；我覺得，對學生和對我，教學的效果都不會好。我查了一下修課名單，法律系有135人選；其餘265人，來自中文、外文、歷史、電機、動物、醫學、物理等系，不一而足。經過斟酌，我把修課人數定為200人，只能少不能多。

因此，問題來了，要採取什麼方式來篩選；由265位裡，選出65位。同事告訴我，最好事先訂下修課人數的上限；學生電腦選課時，先選先得，額滿自動停止。可是，這是我第一次回校總區開課，沒有先見之明、預為之計。

我認為比較好的作法，是能讓真正想修的人，得到修課的機會；讓真正的需求，能和有限的供給相會。當然，處理稀少性資源的運用，是經濟學者的專長之一。處理選課人數過多的作法，我心裡也慢慢有個底。最簡單的，當然是抽籤。可是，雖然抽籤的成本最低，結果卻並不合理。抽中的人，未必真心想修；沒有抽中的人，可能反而志在必得。以「願付價格」

（willingness-to-pay）來篩選，可能更理直氣壯。價格，當然不一定是金錢上的價格，而可以是其他的指標。

以願付價格投標修讀

以願付價格為原則，第一種方式是一位研究生的建議。每位想修課的同學，在紙條上寫下自己願意犧牲的分數，然後來「投標」。如果願意犧牲的分數是10，而學期考的成績是90分；就表示由90裡扣掉10，成為80分。願意犧牲的分數愈多，表示修課的意願愈強。可是，這種方法的缺點，是每個人對分數的期許不同；有些同學希望認真修課，有好成績，對就業或出國進修都有幫助。扣分數的作法，可能反而過濾掉一些真心想修的好學生。

第二種方式，是先繳一份心得報告；1000字上下，說明想修課的原因，或分析社會現象等等。內容不特別重要，重要的是要花心思和時間動筆。據同事表示，這種方式很有效；可是，缺點之一，是老師或助教要花很多時間，一一過濾。

第三種方式，是我自己琢磨出來的，而且曾經牛刀小試過。願付價格，就是為修這門課、願意從口袋裡掏出多少錢！（或者，願意為一封介紹信，付多少錢。）願付價格高的學生，就有優先修課的權利。操作的方式，是由高往低喊價。譬如，為修這門課，願意付200美金的舉手；這時候，可能有兩個人舉手——如果由低往高喊，低價時舉手的人會太多。然後，把價格降到180美元，再舉手表示意願。價格一路降，手也一路舉；等

到降到某一個價格（30美元），累積了65位同學，喊價就停止。

這65位同學，比其他同學願意付更高的價格，所以有選課的權利。他們每個人到郵局去，把30美金匯給任何他們想捐助的慈善團體（消費者文教基金會、慈濟功德會等等）；然後，拿著匯款收據來選課。

這種作法的好處，是明快，程序成本低；而且，在實質上，和寫報告的性質相去不遠。寫份報告，可能要花3個小時；繳30美金，可能要在便利商店打工7、8個小時。寫了報告還不一定能修課，但是繳了錢之後一定能修課。

當然，這種作法，可能不見容於一般人。如果我堅持採取這種作法，我猜學生在網路上一定吵罵成一團，學生家長也可能打電話抗議。媒體知道之後，說不定來個現場連線報導。一個星期之內，我就會成為媒體追逐的對象。如果我想出來競選民意代表、提高知名度，就應該採取這個作法。可惜，我不想。

「繳錢修課」附和者稀

星期五第一次上課時，教室裡果然擠了滿坑滿谷的人。我先表明只接受200人選修的立場，然後介紹各種篩選的方式。對於寫報告的作法，台下沒有異議；可是，扣分和繳錢的作法，卻引起台下一片騷動。針對「繳錢修課」的作法，我先請反對的同學舉手，台下有70位左右的同學舉手。我再請贊成的人舉手，整個教室大概有10個人贊成。為了避免爭議和反彈，我採

取了繳報告的方式；旁邊的兩位助教一臉無奈，眼神有點哀怨，而且其中有一位已經有辭意。有趣的是，下課之後有位同學過來問我：自己可不可以去捐錢，不要寫報告？

我一直覺得，我想出的辦法，在理論和實務上都有憑有據。也許，經過宣導和論對之後，明年我真的會採取「繳錢修課」的作法！

1-3　經濟學的使命

最近坊間出現了一本愛情小說，名為《愛上經濟》（*The Invisible Heart：An Economic Romance*）。一位高中教經濟學的老師，愛上女同事；在曲折的故事裡，男女主角有過一場又一場的對話。核能廠、外籍勞工、動物保育、女性主義等等議題，都是他們談心時的內容！

承蒙出版社厚愛，寄了一本給我；大概不是希望我享受這個唯智（非唯美）的愛情故事，而是希望我能為文推薦。我耐著性子看了幾十頁，然後決定投降。理由很簡單，如果我想看愛情故事，我會去找纏綿悱惻、扣人心弦的言情小說來看；如果我想看關於公共政策的討論，我會去找專業期刊或政論雜誌來看。

在愛情故事裡夾雜公共政策的討論，就像在看足球賽轉播時，聽球評分析足球運動和生理健康的關係；或者，去聽音樂會時，中場插播一段「音樂與人生」的演講。分開來看，兩者

都有意義，也都很重要；可是，合在一起，要多不對味就有多不對味。畢竟，約翰納許（John Nash）的愛情故事賺人熱淚，是因為他的人生起伏，而不是因為他的賽局論！

有這麼一段聯想，我自覺理直氣壯、直道而言。可是，沒過多久，我又開始反問自己：讓愛情的歸愛情、經濟的歸經濟，這不也就是絕大多數一般人的心情和取捨嗎！如果連專業的經濟學者，好尚都和一般人無分軒輊；那麼，我們又怎麼能希望，社會大眾可以「像經濟學家般的思維」？（thinking like an economist）

經濟學（家）的長處所在，不就是有一套特殊、但是簡單明確的思維方式，有扎實的理論基礎，可以改善決策品質、因而增進一般人的福祉嗎？對於這種明顯的扞格矛盾，經濟學者能自圓其說嗎？

的確，經濟學雖然貴為「社會科學之后」，可是似乎只是象牙塔裡的益智遊戲；經濟學家可以在黑板上畫出漂亮的曲線圖表，寫出令人生畏的方程式；可是，一旦碰上現實社會，馬上成了理論一大套、實際不對號的「說書人」。這和股市裡憑直覺、小道消息而殺進殺出的菜籃族，又有什麼差別？

具體而言，在生活裡，一般人面對最根本的問題，就是不同價值間的衝突和取捨。譬如，到底讓自己的小朋友讀私立學校或公立學校、住在市區或郊區、看日報還是晚報、聽音樂還是新聞？由生活裡的瑣碎雜事、到國家社會存亡絕續的大事，在本質上都是價值之間的衝突和取捨。那麼，經濟分析能如何指點迷津呢？

以貨幣為一切價值量尺

最率直粗糙的回答，大概是「一切向錢看」；把所有的價值，都轉換成貨幣。既然貨幣是以數字來表示，因此經由貨幣這個共同量尺（common measurement），各種價值都可以分出高下先後。如果聽音樂等於美金5元，聽新聞是美金6元，如何取捨就再明白不過了。

當然，即使是最死忠鐵衛的經濟學帝國主義者，也不至於這麼「唯貨幣論」。不過，雖然一切「向錢看」有點荒謬無稽，卻也有深意。如果不以貨幣為共同量尺，而以其他價值——譬如，快樂——為準，真實世界裡的確就有屢見不鮮的例子。享樂主義者、唯美主義者、工作至上論者、家庭至上的人等等，不都是以一種特定的單一價值，來衡量其他所有事物的意義嗎？對於這些人而言，很容易決定自己的行為舉止；對於和這些人交往的人而言，也很容易互動因應。因此，以單一價值衡量一切，不只在觀念上有學理支持，在實務上也確實有人奉為圭臬、具體操作。

不過，對絕大多數的人來說，價值體系比較像是一本字典。在中文字典裡，先有部首，然後是依筆畫依序排列；這個部首之後，是下一個部首。英文字典的安排，大體上也是如此。

在一般人的生活裡，也有類似的結構。「友情」，像是一個部首；進入了這個部首之後，再細分成工作、同學、鄰居等組群；每一組群裡，再由濃密到淡疏區分成一道小光譜。一旦面

臨和友情有關的取捨——辦公室裡的同事請喝滿月酒，要不要去？——就可以利用「友情」這個部首下的結構，先作出定位，然後再比較、斟酌、取捨、因應。

字典裡有許多部首，價值體系裡也同樣的有許多部首。金木水火，是字典裡的部首；友情、親情、事業、衣食住行、生老病死、喜怒哀樂等等，是價值體系裡的部首。當然，字典裡的各部首之間，不至於有衝突；可是價值體系裡的部首之間，彼此衝突是常態。

「鋸齒式」化解衝突

當部首和部首之間發生衝突時，很多人會採取一種「鋸齒式」（see-saw approach）的作法。譬如，在家庭和工作這兩個部首（價值）之間，先著重家庭；但是，對家庭付出一些心力之後，再投注第二股精神心力到工作上。先家庭、再工作、再家庭、再工作，就像推拉鋸子一般的一去一回、一上一下、此起彼落。

有趣的是，雖然部首（價值）之間的衝突從來不曾止歇，但是聰明的人總是能琢磨出自處之道；不僅能兵來將擋的應付裕如，還往往能為自己的抉擇自圓其說，找出合理化的說辭。而經濟分析的貢獻所在，也許就在於闡明價值體系的性質——字典式的結構；而且，還進一步提醒人們，值得多翻字典，多熟習部首（價值）之間衝突的意義，以及揣摩衝突時的取捨之道。

這麼看來，藉著愛情小說來探討經濟問題，也許真的沒有吸引力；但是，如果以愛情小說來闡明戀愛過程裡的各種衝突、掙扎、猶豫、徘徊，那可要有趣多了——不是嗎？

1-4　經濟學和人性之辨

每年教師節和聖誕節前後，我都會收到許多學生寄來的信或賀卡。他們常會回憶，當年上課時的情景。不只一次，學生提到：課堂上討論過的概念裡，最有說服力的，就是「人是理性自利的」！

人是理性，而且是自利的；這是經濟學開宗明義，界定人的兩大特質。不過，雖然這兩個特質平實無華，但每次介紹時總引起熱烈、甚至是激烈的討論。為了說明人是理性而自利的，我總是舉很多實例當作輔證。

譬如，前一段時間，佛指舍利由大陸渡海到台灣接受頂禮膜拜。在台北時，是供奉在台灣大學新落成的體育館裡。我也曾和家人去瞻仰過，也感受到信徒們虔敬誠篤的情懷。當時我發現，由三樓的展示場門外開始，一直到一樓的大門口；大概每三兩步就有一位僧人，托鉢而立。僧人們的服飾打扮不同，大概是來自不同的教派。我的觀察很簡單，這些僧侶都是慈悲為懷、渡己渡人的大德；可是，對於路過的徒眾，他們是希望徒眾們把錢放在自己的鉢裡，或是放進其他僧侶的鉢裡？

僅遇到兩個「反證」

還有，我多半會提到，人是理性自利的；所以，在市場裡買水果時，人們總是會揀那些漂亮的、大的、甜的水果。有沒有人看過，在買水果時，有誰是儘選那些小的、酸的、醜的水果；把這些不好的選走，好讓其他人能享受較好的水果？十幾年來，我在校內校外多次提出這個挑戰，以論證「人是理性自利」的立場。說來有趣，在不下幾百次的場合裡，我只遇到過兩個「反證」。

第一個反證，是在警察大學的「警監班」；這是台灣警界最高階的班別，成員都是警界的一時之選和明日之星。我應邀上課，解釋完理性自利這兩大特質後，有人舉手表示意見。他說，自己家附近有一個小的雜貨店，麻雀雖小、五臟俱全。每次他去買飲料時，總是挑有瑕疵的鋁罐。

不過，他接著解釋，這麼做的原因，是希望別的顧客能買到完好無缺的飲料；顧客願意繼續光顧，小雜貨店能繼續作生意，他也就能繼續享受小雜貨店的便利！所以，表面上看起來是利他的行為，追根究柢之下，還是自利的考量——理性自利的特性，經得起考驗。

第二個反證，是前幾天發生的事。新加坡國立大學的「高階企業管理碩士班」（Executive MBA），到台灣參觀訪問，並且就地上課。我受邀跨刀助陣，討論經濟學的思維。論證完理性自利之後，有一位來自大陸的學員發言。

他說，自己曾親眼觀察過一事例：他發現市場裡有一位買

雞蛋的顧客，在雞蛋堆裡挑三揀四，儘是揀小的雞蛋。他很好奇，雞蛋小，蛋殼重，不是花冤枉錢；後來他忍不住問那個買蛋的人：又不是孔融讓梨，何必揀小的買？買蛋的人聽了笑笑，說蛋買了不是自己吃，而是要做荷包蛋和茶葉蛋來賣；不以大小、而以個數計價，當然要揀小的買！

所以，表面上看起來「不自利」的行為，一明瞭原委，還是基於理性自利的拿捏，只是經過一點轉折而已——理性自利的立場，依然經得起考驗。

不過，在這個場合，還有人提出了「人性論」的爭議。孟子認為人性本善，荀子認為人性本惡；據一位學員表示，中國大陸還曾經特別舉辦過研討會，論證這個歷史上有名的爭辯。他問我，由經濟學來看，人性到底是善還是惡？過去我曾經碰過這個問題，所以不加思索的答道：性善性惡，是指人出生時就有一定的特性。可是，人出生時，連話都不會講，只是一堆血肉，怎麼判斷到底是性善還是性惡？我覺得，這個爭議沒有意義，徒然耗費時間而已。

問的人沒有再追究，我也就轉到下一個問題；不過，事後再想想，倒覺得「性善性惡論」和「理性自利」之間，頗可以作一些對照和比較。

無論是性善或性惡，都是一種主觀上的認定；一旦以客觀的實際資料來檢驗，立刻凸顯出許多問題。除了人出生時無法判斷性情之外，其他佐證性善或性惡的證據，都是人成長之後的行為。可是，人成長之後，已經受到環境裡諸多因素的影響；有善行也有惡行，因此兩種立場都有證據支時。千百年來

兩派僵持不下，真是有以致之。不過，以人成長之後的行為來
論證基本的人性，在邏輯上顯然有相當的爭議。

相形之下，經濟學關於「理性自利」的立場，可以經得起
嚴格的檢驗。人是大自然裡的生物之一，所以也受到「物競天
擇、適者生存」這個鐵律的規範。自利，就是求生存和繁衍的
過程裡，自然而然演化成的特性。而在這個追求自利的過程
裡，人慢慢雕塑出思維判斷的能力；理性，就是幫助人類追求
自利的工具。因此，理性自利，是人在和環境互動的過程裡，
逐漸發展而成的特質；人「實際上」是如此，而不是人「應該」
如此。

行為基於自利考量

因為客觀環境上的差異，再加上人主觀條件上的不同，所
以人可能會表現出性善或性惡的形跡。可是，無論表相上的行
為是如何，行為底層的基本動力都是一樣的——都是基於行為當
事人本身、理性和自利的考量！由這個角度來看，性善性惡說
和經濟分析之間，在性質上可以說是格格不入。不過，荀子曾
提過的觀點——「蓬生麻中，不扶而直；白沙在涅，與之俱黑」
——卻是以實際現象為基礎，建構理論。可惜，這種思維方式，
似乎敵不過孔孟儒家的道德性論述。

其實，道不遠人。揀有瑕疵的飲料買，是性善還是性惡？
挑個子小的雞蛋買，又是性善還是性惡？……

1-5　琢磨

　　無論是自然科學或社會科學，每一個學科都有自己的「智慧結晶」。經過適當的聯結，總是能和一般人的生活經驗相呼應。經濟學號稱「社會科學之后」，在歷來經濟學者的努力之下，已經累積出很可觀的智慧；以小朋友的生活經驗為基礎，也可以稍稍闡明經濟分析的趣味和智慧。當然，其他的學科，也可以（值得）作類似的嘗試。那麼，對其他學科而言，所提供智慧的結晶又是什麼呢？

　　經濟分析，以人的特性——理性自利——為起點；而且，處理的問題，包括價格和價值。關於這個起點、關於價格和價值，經濟學的智慧結晶是什麼？其他學科或傳統智慧的體會，又是什麼？

大象國有化之我見

2-1　向女王說不

去年（2002年），是英國女王伊麗莎白二世登基五十周年；雖然大英帝國國勢漸衰，但是在大英國協裡，還是有一連串的活動，慶祝這個難得的「金鑽紀念」（Golden Jubilee）。女王在位半個世紀，最大的貢獻，大概是在多變世局裡，勉力維持皇室於不墜。不過，和上一位在位五十年的維多利亞女王（Queen Victoria）相較，確實是今非昔比。

維多利亞女王十八歲登基，前後在位六十四年之久（1837-1901）。她在位時，英國連敗世仇法國和西班牙。大英帝國的版圖，橫跨五大洲；大英帝國的戰艦和商船，遨遊於各大洋。維多利亞女王時的大英帝國，真正是令人敬畏的「日不落國」。英國的國勢，在維多利亞女王時達到巔峰；英國人性格裡，有一種「內斂的自負」，很可能就和這一段歷史經驗有關。可是，即使女王功業彪炳，權勢不可一世；還是曾經有人拒絕她、向她說「不！」而向她說不的人，是手無寸鐵的一介平民……

1890年，當時的王儲愛德華王子，到友人家打撲克牌賭博（可能等著接班等太久，有點無聊；和現在的查理王子一樣）。在場的有一位威廉爵士（Sir William Gordon-Cumming），是因為戰功顯赫而封爵。沒想到，爵士詐賭，而且被其他人發現。為了維護爵士的名譽，王儲提出建議：只要爵士簽字承諾，終生不再接近牌桌；王儲保證，他和其他在場的人會緘口，不洩露爵士詐賭的事。爵士依約簽字，但是可能僕人口風不緊，消息依然走漏。爵士為了第二生命的清譽，向法院提出告訴，控告

當晚的主人毀謗！

官司進行了七天，轟動朝野，史稱巴克拉事件（The Baccarat Scandal）。因為事實明確，所以判決爵士敗訴；他的軍職、社會地位，一夕之間化為烏有！

宣判的第二天，倫敦泰晤士報的頭版頭條，是由華德（Thomas Ward）執筆、但不具名的評論報導。文章裡，除了對爵士表示婉惜之外，主要是對王子賭博逸樂的行徑提出規勸。評論指出，一般民眾能享有某些自由和樂趣，王子卻不行；因為王子身分特殊，將來要承繼大位，所以不得不克制自己、自我約束。文章最後，是這麼結束的：「威廉爵士被迫立書保證，永遠不再碰撲克牌。為了整個英國社會，我們希望這個不幸事件的結果，是愛德華王子也簽下一個類似的承諾！」

女王看了這篇評論，不但不以為忤，反而非常欣賞文章的論點；她很好奇，這篇文章是由誰執筆。以「世界上最有權勢的人」來描述女王，一點都不為過；可是，雖然她希望知道執筆人的身分，她並沒有率直的運用她一呼百諾的權勢。

女王請她的朋友狄鐸爵士（Sir Theodore Martin）出面，私下寫了一封親筆函給泰晤士報的總編輯。1891年6月13日送出的短函，是這麼寫的：「也許您樂於知道，對於那篇評論，女王深有同感，而且非常欣賞。她問我，是否能告訴她，誰是執筆者？當然，我不知道；而且，我很清楚，也許您有充分的理由，婉拒女王的祈望。不過，如果您覺得無妨；那麼，請您務必放心，女王一定會守住祕密，絕對不會把這個名字告訴其他任何人！」

　　當時的總編輯是喬治巴克（George Buckle），他斟酌了兩三天，然後在6月17日回了一封信給狄鐸爵士：「泰晤士報的同仁，知道女王肯定那篇評論，都覺得是無上的光榮。……如您所知，對於評論文章作者的姓名，泰晤士報一向是嚴謹保密。因為，評論所表達的，不只是個人意見，而是希望反映社會大眾的情懷。在威廉爵士這個不幸事件上，特別是如此。對於報社所該採取的立場，在宣判前的好幾天，同仁們就斟酌再三。因此，那篇評論所表達的，更不再是執筆者個人的見解。報社不透露作者姓名的作法，我相信您能諒解。……對於必須違逆女王（這位有一切理由指使我的人）的意旨，我深覺歉疚和不安！」

　　維多利亞女王於1901年1月22日過世，享年八十二歲。第二天，泰晤士報全報加黑框，而且以前所未有、整整六版的篇幅，刊出訃聞，表達對女王的敬意。但是，終其一生，女王不知道那篇評論的作者是誰。

　　對東方社會的人來說，這不是很奇怪嗎？女王只不過是想知道個名字，為什麼不派人當面去問報社呢？此外，她位高權重的朋友為什麼不到報社一趟，而要形諸於文字的留下鴻爪呢？還有，泰晤士報的總編輯，為什麼如此矜持？為什麼不順水人情，趁機經營人脈關係呢？

　　也許，在巴克拉事件之前兩百年，1689年由英國國會通過、英王簽署的《權利法案》（Bill of Rights），透露出一點訊息：「未經國會同意，皇室指揮或終止法律的運作，是違法的。」因此，在大英帝國的歷史裡，皇權的節制、社會多元價

值之間彼此的尊重和制衡，可以說其來有自。

至於為什麼會雕塑出《權利法案》這種震古鑠今的結晶，那就是另外一個故事了！⋯⋯

2-2　警察捉小偷的故事

這個警察捉小偷的故事，真是緊張刺激、懸疑詭譎之至。

一切曲折，都由一位不起眼的外籍勞工開始。這位老兄離鄉背井、遠渡重洋，受雇於一個權貴豪宅。在前後三個月的時間裡，他陸續偷走了重達九十公斤的珠寶；然後，以快遞包裹，把珠寶寄回千里外的老家。

這批稀世珠寶價值兩千萬美金，其中包括一顆市價兩百萬美金的藍鑽。可惜，小偷不識貨；他完工回國後，開始把這批珠寶脫手，一件30美元！小偷不識貨，別人可識貨；這批珠寶被一位行家買下，準備加工後再轉手賣出。但是，風聲逐漸走漏，警方適時介入，一舉破獲了這個跨國竊案。除了最珍貴的那幾顆寶石還不見蹤影之外，其餘珠寶重見天日，物歸原主。這個消息傳為國際美談，負責偵辦的高階警官，還得到友邦政府贈勳褒揚。

如果故事就這麼結束，當然太平凡無奇了一些；還好，在平靜的水面下，往往暗潮洶湧，還有噬人的漩渦⋯⋯

整個故事的轉折點，是珠寶商以「收購贓物」而被逮捕。警察捉到他、摸清楚這批珠寶底細之後，知道自己手裡有一隻

大肥羊。嚴刑拷打之下，珠寶商吐出了部分珠寶；但是，警察還不滿足。因此，珠寶商屋漏偏逢連夜雨，他太太和十四歲的兒子，「剛好」在這個時候被綁架，歹徒要求贖金兩百五十萬美元。一週之後，兩人的屍體倒臥在一輛賓士轎車裡；警方調查結果，兩人是因「車禍」意外死亡。

地主國的警方忙得不亦樂乎，但是也沒有冷落了原始的苦主——自己的友邦；一個天朗氣清的日子裡，友邦的領事和兩位外交官，都在住宅附近遇襲喪生。然後，一位似乎知情的外商，也突然神祕失蹤，很可能已經命喪黃泉、屍骨無存。等到塵埃落定，前後共有17個人橫死或失蹤，真正應驗了「鳥為食亡、人為財死」的古訓。不過，最扣人心弦的，是破案後送還原主的珠寶，竟然是仿冒的複製品！

友邦脾氣再好，也受不了這種羞辱；因此，立刻召回大使，暫時中止兩國的外交關係。在國際壓力下，地主國終於展開調查；原來破案有功受勳的警官，轉眼之間以貪污罪被起訴。審判結果，兩位高階警官以貪污罪被判刑七年，立刻入監服刑。

這可不是克蘭西（Tom Clancy）諜報小說裡的情節，而是活生生、血淋淋的真實事件。最早的竊案，發生在1990年6月到8月之間。那位外籍勞工是泰國人，名叫田嘉蒙（K. Techamong）；苦主是沙烏地阿拉伯的皇室成員，王子賓阿布瑞（Prince F. bin Abdul Raish）。被凌虐的珠寶商，名叫石塔那汗（S. Sritanakhan）；最佳男主角葛達思中將（Lieutenant General C. Kerdthes），是泰國警方的重要人物——相當於台灣警政署或

大陸公安部的部門主管！根據報導，葛達思將軍在牢裡的日子過得有聲有色。他組成搖滾樂團，發行唱片，而且把收入捐作獄友福利金。他還在上訴，並且宣稱：「並不是所有坐牢的人都是有罪的！」——聰明的人也許可以聽到他的弦外之音：「並不是所有沒坐牢的人都是清白的！」

對於這個故事，不同的人可以得到不同的啟示。對經濟學者的啟示之一，是這個故事驗證了「市場」的優越性。在每一本大一《經濟學原理》裡，作者都會強調：透過市場裡「自願性」的交易，資源會流向價值最高的使用途徑！

在這個警察變強盜的故事裡，珠寶由一件30美元，再流到識貨的珠寶商手裡，再落入高階警官（和他們的上級？）的口袋裡。資源，依然是輾轉流向價值最高的使用途徑；但是，這個過程是透過巧取豪奪、威脅利誘，一路血跡斑斑、人頭落地。因此，兩相比較，在運用資源上，市場裡的自願性交易、顯然是比較和平和文明的方式！

對於法政學者而言，至少有兩點重要的啟示。首先，官兵變盜匪的事情本身，並不是關鍵所在；關鍵所在，是一旦官兵變成盜匪，有沒有適當的機制能處理這些事件。特別是當犯錯的人層級愈來愈高時，處理一般扒手混混的司法，還能不能「刑上大夫」？舉目寰宇、放眼古今，試問歷史上已經出現過多少次的「水門事件」？——以不法的手段，監聽政敵的房舍、車輛、船艦等等。但是，有幾個社會的司法機制，會處理這些事件，甚至讓國家元首下台？

其次，處理一般雞鳴狗盜之徒的機制，所需要的條件比較

簡單；而處理位高權重者違法行為的機制，通常要複雜困難得多。那麼，在哪些情形下、透過哪一種軌跡，可以由前者慢慢雕塑出後者？有沒有明確可行的途徑，或是滴水穿石的著力點？對法政學者而言，這些問題可都是引人深思的挑戰。

這個警察捉小偷的故事，真是緊張刺激。不過，自己最好是旁觀者，而不是那些當事人、或是當事人的親戚朋友……。

2-3　大象國有化之我見

「從經驗裡吸取教訓」，這句話每個人都耳熟能詳；可是，在面對考驗時，真正能萃取教訓的、卻並不太多……

十九世紀初期，在當時科技和資訊的限制之下，地球上還有好些人煙未至的處女地。因此，探險家一旦有重大發現，不但立刻成為家喻戶曉的人物，而且可能加官晉爵，名利雙收，有享不盡的榮華富貴。當時，在探險家的心目裡，有兩個誘人的大獎：成為到達北極的第一人；還有，找到穿越極區、連結大西洋和太平洋的「西北航道」（The Northwest Passage）。

從1818年到1909年為止，總共有近百支的探險隊伍，由海上、陸上、空中（熱氣球）出發，希望能攫取大獎、名留青史。這些探險隊裡，由歐美各國政府出資支持的有35隊，由私人資助的有57隊。兩相比較，結果如何呢？誰擄獲了頭彩，誰又承擔了最慘重的損失？

在歷次探險裡，傷亡最慘重的，是由英國政府支持、由法

蘭克林（John Franklin）領軍的船隊；1845年5月，他率領船隊由倫敦出航，上上下下共有129人。7月中旬，在極區活動的捕鯨船，還曾看到法氏的船隊；此後，他的船隊完全消失無蹤。往後幾年，大批的搜救隊伍出發，希望能找到法氏和其他人員的蹤跡。根據後來陸續發現的殘骸遺物，後人證實：法氏的船隊先被堅冰困住，動彈不得；他和船員棄船南走，結果一路折損、終至消聲匿跡。證據顯示，大部分船員是飢餓而死，甚至還有以同伴果腹的情形。

雖然以政府為後盾的探險隊，在人力物力上都略勝數籌；可是，最大的獎賞，卻是由私人隊伍所拔得。人力單薄的艾瑪遜（Ronald Amundsen），1903年由挪威出發，到1906年完成「西北航道」的首航。同樣的，由私人企業捐助的美國人裴瑞（Robert Peary），成為第一位踏上北極的英雄。

當然，這幾個個別、特殊的事件，可能只是偶然，不能用來臧否「政府」和「民間」探險隊的優劣；可是，一旦深究，兩者之間的歧異更明顯。

根據紀錄，官方的探險隊，平均有70位船員，私人的探險隊是16人；官方的探險隊平均是1.6艘船、重600噸，私人的是平均1.2艘船、277噸；官方的探險隊，平均每次有6人遇難、是隊員數的9%，而私人的探險隊是平均1人遇難、是隊員數的6%；官方的探險隊，每次平均損失0.5艘船、重198噸，私人的探險隊平均損失0.24艘船、重60噸。

這些數字，反映了在官方支持和私人進行的探險隊之間，確實有相當的差距。而且，這些明顯的差距，並不是偶然。可

是，是哪些因素造成這些差距呢？由各種報導、訪談、回憶錄
和文獻檔案裡，比較官方和私人探險隊之間的主要差別，可以
得到一些後見之明（？）。最重要的關鍵，是官方探險和私人探
險，隱含不同的「誘因」——多麼令人熟悉的字眼！私人資助的
探險，目標非常明確，就是要找到西北航道或到達北極；相形
之下，官方支持的探險，卻在這兩個目標之外、摻雜了許多其
他展現國力、商業利益、仕途升遷等等的考慮。

　　在這種背景之下，官方和私人的探險隊在領導統御、組織
結構、人員配備、乃至於對相關資訊的萃取上，都有明顯的差
別。譬如，最先找到西北航道的艾瑪遜，曾經長時間在極區活
動，訓練體能；而且，為了擔心會受制於船長，他又花了幾年
的時間，取得船長的執照。相形之下，造成整個探險隊折翼的
法蘭克林，沒有操舟、狩獵、或越野的經驗；他被指派擔綱，
是因為他「有顯赫的家世背景」。又譬如，私人探險早就由極區
土著處，摸清楚造雪屋、用雪橇、防寒保暖、以小群體行動的
作法；官方探險有政府撐腰，往往耗費大筆經費，卻採用人地
不宜的配備和組織——最先踏上北極的裴瑞，在極區活動時，人
數不超過五個人；法蘭克林率領歷來最堅強的陣容之一，結果
129人全部罹難。

　　兩相對照，令人觸目驚心。這些材料，是一位美國經濟學
者長時間收集而得；他的研究成果，發表在重要的《政治經濟
評論》（Journal of Political Economy）裡。這篇論文，當然不能
算是評判政府和民間、官方和私人之間差別的定論。在很多時
空下，官方的作為也確實出類拔萃；而且，在現代社會裡，許

多事情還不得不由政府出面。

不過，作者希望傳遞的訊息，其實很清楚：「原則上」，民間比政府有效率，私人比官方更專業。

而且，極區探險只是例子之一而已；在其他的活動上，公私之間的高下也非常明確。在非洲，因為長年獵殺，大象數目急遽減少。為了保育，肯亞把大象國有，受政府的保護；相距不遠的辛巴威（Zimbabwe），則把大象劃歸給各個部落所有。結果，肯亞的大象繼續消失，而辛巴威的大象是以每年5%的速率成長！

結論很簡單，我、和那篇論文的作者、和其他絕大數的經濟學者看法一致：運用資源時，先民間而後政府；不到萬不得已，不要麻煩政府這位老大哥──無論古今中外、無論溫度多低多高、無論人或大象……

2-4　是非的邊際
──兼評賴英照回任大法官

在經濟學裡，「邊際」（marginal）的觀念非常重要。無論是消費者或廠商的最適決策，都是設法使邊際效益剛好等於邊際成本。可是，在非經濟的領域裡，一般人卻不太容易感覺得到，「邊際」這個概念的意義如何；這不足為奇，因為在其他領域裡，邊際往往是以隱晦的方式出現。

2000年9月到2001年8月，我利用休假一年的時間，到英國

牛津大學訪問研究。我認識了幾位朋友，其中之一是專攻香港台灣政治的歷史學者。

有一次聊天時，不知怎麼提到李登輝。我認為，在主政十二年裡，他沒有解決兩岸關係的癥結，錯失了大好時機。我還提到，大概是某次軍事簡報時，軍事首長向他解釋軍事部署。簡報結束，李氏自以為是的臧否一番，然後問：為什麼部署不是如此如此？簡報的人馬上恭維他：您所言甚是，真是軍事天才；我們都沒有想到這種妙著！從此，李氏自許是「軍事天才」。

朋友聽了微微一笑，說：如果二次大戰時，英國的陸軍總司令向首相簡報，表示將向A進攻。首相不同意，認為目標應該是B。這時候，陸軍元帥會說：以我的專業判斷，目標應該是A；但是，您是我的長官，我會尊重領導統御的指揮體系。不過，請您見諸於文字，我希望讓後世史家來論斷是非！我告訴他：在華人社會裡，這是不可想像的事。回台灣之後，我問過好幾位在政府單位工作的朋友；他們都搖搖頭，認為至少在台灣目前，在行政體系裡，還不可能有這種下級挑戰上級權威的事。

確實如此！絕對權威的現象，不只是生活裡的耳聞目見，即使在容許相對權威的環節上，也沒有不同權威之間並存和彼此抗衡的現象：

前一段時間，行政院副院長出缺；經過一番折衝，最後由當時的司法院大法官賴英照接任。在西方民主法治國家，這是不可思議的事。因為，司法和行政是兩條截然不同的軌跡，代

表不同的價值；雖然都是支持民主法治的重要支柱，但彼此之間絕不是可以來去自如、自由轉換。行政院副院長，主要是協助推展政務。因此，在經營人脈關係上、在合縱連橫上，要盡量廣結善緣，包容不同的利益。而且，行政院的首長隨政權更迭而上下，所以考量的只是三五年的短期利害。

相形之下，司法院主導司法體系的正常運作，等於是政治經濟等活動的裁判。裁判不介入遊戲，而只在乎維持遊戲規則。司法院的大法官們，更是裁判中的裁判。他們著眼的是憲政秩序，是能使社會長治久安的遊戲規則；他們的性情、素養、人際關係等等，都和行政體系的官僚大不相同。在社會動盪、制度草創的時期，行政體系和司法體系之間互通有無，也許無可厚非；但是，在一個日趨成熟、強調專業倫理的社會裡，行政和司法彼此不分，不只是雞兔同籠，而且是同時對這兩種價值的扭曲和踐踏！

可惜，大法官賴英照，當時風風光光的榮升行政院副院長。經過一段時間，內閣改組；行政院副院長賴英照沒有更上層樓，又要重回司法院擔任大法官。因此，又喜孜孜的利用在行政體系所累積的人脈，四處請託拜票。一旦回到司法院，說不定稍事休息，未來還有重任?!但是，有趣（或可悲）的是，賴氏由司法而行政而又司法的周轉，似乎沒有造成任何困擾。不但在行政體系和司法體系裡，沒有反彈的聲音——因為沒有向長官說不的傳統——連在輿論乃至於法學界，都沒有引發任何漣漪。

也許，賴氏的進退舉止，正巧妙的反映了非經濟活動上、

「邊際」的概念：

在一個成熟的民主法治社會裡，行政和司法是兩個截然不同的體系；各有各的功能，各有各的傳承，也各有各的堅持。既然有各自的傳統脈絡可以依恃，所以在面對個別事件時，各個體系本身的傳承是龐然大物，個別事件只是相對渺小的「邊際」——陸軍總司令有自信，可以根據專業判斷，向首相表示異議。而且，既然傳統是經過長時間的雕塑，所以在面對短期考慮的起伏時，可以輕易的分出輕重大小——司法院可以根據本身職責，婉拒大法官榮升行政院，也婉拒行政院副院長轉進大法官。還有，既然已經有凝結出的結晶可以遵循，所以個人所須要承擔「邊際」上的責任，也相形減輕——賴英照可以根據司法傳統，謝絕調任行政院。相反的，如果行政體系和司法體系只有表面上的區隔，而可以隨時互通有無；那麼，這兩個體系顯然都只是短期政治利益考量的工具，只會追逐眼前的利害得失，而無視於對長遠價值的雕塑。

在經濟活動裡，「邊際」的概念明確而容易掌握；在其他領域裡，「邊際」的概念隱晦而不明。不過，抽象的來看，無論是在經濟或其他領域裡，一個社會長遠的軌跡，就是由一連串個別的決定所累積而成。個別決定的重要性不大，但累積之後卻有繁榮和落後、富庶和貧困的差別。

由這種角度來看，個別的決定顯然有另外一種「邊際」上的意義……

2-5　琢磨

　　每個社會發展的軌跡不同，進展的速度也不一樣；在同一個時點上比較彼此，經常會引發好惡和愛憎分明的反應。不過，由社會科學的角度來看，古今中外不同社會的經驗，都是可貴的材料；可以從裡面萃取許多智慧，也可以檢驗學理的普遍性和持久性。

　　這一章的幾個故事裡，都反映了多元價值的重要；而且，在社會的主要價值體系之間，最好彼此支撐，而又能彼此競爭和制衡。市場和政府之間，比較容易形成競爭和制衡；行政部門和司法體系之間，要形成競爭和制衡，顯然要困難得多。對於東方社會而言，更是艱鉅的挑戰。有沒有速成的作法呢？或者，有沒有一步一腳印、滴水穿石而終底於成的作法呢？

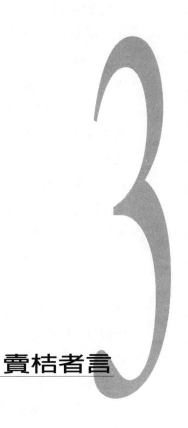

賣桔者言

3-1 香港精神？

2000年8月起，我利用休假的時間，到英國牛津待了一年。在那段期間裡，我曾問過很多人，英國社會的核心精神到底是什麼？我得到許多不同的答案，而我自己的體會，則是英國有一種濃郁的歷史感（sense of history）。在衣食住行、在典章文物上，耳聞目見都是那股令人發思古之悠情的歷史情懷。

這次到香港，預定要待上半年多；我又忍不住好奇心，四處問人：一言以蔽之，香港的精神是什麼？

一位文史教授，已經在香港教書十餘年；他認為，沒有所謂的香港精神；如果有，就是一般人重視實際和實利的特性。另外一位學者，香港長大，長期在美國工作；他沉吟了一下，認為這確是個好問題，可是他真的不知道答案是什麼。

還有一位土生土長、道道地地的香港人，他覺得現在香港人口裡，大約有一半是大陸來的新移民；因此，在新舊參雜的情形下，很難為香港精神下個注腳。不過，他建議，如果我想看典型的香港人，最好到傳統市場裡去。因為，在傳統市場裡，大部分是年齡較大、道地的香港人；他們的神情舉止、服飾儀容、和攤販討價還價的遣詞用字、比手畫腳，都是不折不扣的香港「原味」。如果有所謂香港精神，那就是、也才是真正香港精神的一環。

我還沒有機會到香港的傳統市場裡去體驗，不過我卻想到：如果能找到統攝一切的某種精神，那麼這種精神，是不是也反映在某些具體的、能看得到、摸得著、最好能量化的事物

上？

在英國，歷史感無所不在，而例子也俯首可拾、不勝枚舉。有興趣的人，不妨作個統計，比較一下英國和其他國家的差異：博物館的數目、博物館的預算、相關基金會或協會的數目、每年出版關於歷史書籍的冊數、歷史人物的傳記、排行榜上出現的次數、各地古蹟所雇嚮導的人數、超過兩百年歷史的學校數等等。如果考慮總數和占人口的比率，我相信在很多項目上，英國都會名列前矛。

我記得在英國時，還看過一個傳統智慧，半真半假、但是非常傳神：「如果某件事做了之後會成為頭一遭，這件事就不值得、或不應該做。」可是，無論是哪一種精神，無論可不可以量化，探索那股統御社會的精神，到底有什麼意義呢？

對於一個旁觀者來說，如果能琢磨出某種一以貫之的神韻，顯然有具體的實利。在和當地人相處時，知道重點在哪裡；知道如何因應，也知道如何預期。因此，在一個重歷史的環境裡，強調日新又新是自找麻煩；同樣的，在一個強調日新又新的環境裡，強調夙昔典型是自討沒趣。

除了實利之外，掌握了一個社會的主導精神，還有智識上的興味。既然是主導社會的脈動，所以在社會的典章制度和一般人的言行舉止上，都直接間接、明白隱晦的含蘊著那種氣息。因此，如何在各個角落裡、在人們的舉手投足上、捕捉那種氣息，顯然又有挑戰性、又有趣味——文天祥的〈正氣歌〉，一開始就提到：「天地有正氣，雜然賦流形，下則為河嶽，上則為日星，於人曰浩然……」因此，探索每個社會的「正氣」，

再追究那股「正氣」在各個角落裡的流形，不是饒有趣味嗎？

　　另一方面，對於身處其中的人來說，掌握了整個社會的神韻，倒是有另外一層意義。因為身在當中，就像入芝蘭之室，久了不覺得有任何特別。因此，對於隱藏在一切背後的那股精神，可能反而視若無睹或茫然不覺。然而，這只不過表示，身在其中的人容易知其然、而不知其所以然罷了。

　　可是，如果能覺察到，自己和別人有意無意所遵循或展現的遊戲規則──無論是歷史感、重實際或實利或其他──其實是隱含了另一種可能性。就是因為許多作風已經是理所當然、眾議僉同，所以一個稍有創意的人，大可以添加一些新意。有意識的採取稍稍不同的作法，反而能讓別人耳目一新，結果利人又利己。

　　而且，因為推出新點子的人，就是當地的一分子。所以推陳出新的作法，更能得到其他人的認同和支持。在這層意義上，羅大佑的〈東方之珠〉、張學友對歌曲別樹一格的唱法、乃至於周星馳《少林足球》的電影卡通，能引起普遍的共鳴，顯然都不是偶然。他們都是浸淫香港文化許久的香港仔（the native son），可是都在自己的領域裡，醞釀出延續過去、但又有別於過去的新意。他們的作品，並不能和香港畫上等號；但是，任何人想到他們，絕對不會把他們和香港切割開來。

　　當然，除了這些智識上或實際上的考量之外，探究香港精神，對華人社會還有一層特殊的意義。香港，是華人社會裡，和西方接觸最早的地方之一；而後，因緣際會，曾接受西方法治的洗禮；現在，又成為化解兩岸衝突的參考座標。未來，當

華人社會發展民主法治時，無可避免要經歷陣痛；而香港，將更具有無可替代的指標地位。因此，探究香港精神，對華人社會長遠的發展，顯然有令人不可忽視的深遠意義。

關於尋覓香港精神，雖然我已經有一兩個著手的地方；不過，我還沒有真正的開始，進行自己的探索之旅。而最後會是滿載而歸，或是一頭霧水，也無從預料。可是，經過這一番沉吟，我開始玩味：如果有人問我，一言以蔽之，什麼是「台灣精神」，我又會怎麼回答？……

3-2 觀賣桔者言——之一

剛到香港的人，很容易有一些初步印象：人多、綠地少、水泥地多；不過，一進建築物的大門，立刻覺得別有洞天、又是另一番景象。可是，到香港稍久，會有進一步的體會；特別是對社會科學研究者而言，香港有許多值得探討的題材……

就一個經濟學者來說，到香港不久，我就對某些現象大感好奇。首先，是公寓大樓外的曬衣架。許多十餘層、幾百戶的公寓大廈外，每戶人家都伸出三四枝曬衣架；一旦上上下下掛滿衣物，景象很是壯觀。我很好奇，如果衣物沒夾緊、或是風大，總有飄落的時候。那麼，萬一掉在別人家的衣架上，彼此的權利義務如何？還有，萬一掉落在最下面一層的陽台上，是不是有特別的通道好讓人出入撿拾？

其次，是大樓之間的通道和陸橋。因為人口非常集中，所

以香港的建築又高又密。而為了方便往來,大樓與大樓之間,往往有通道相連;或者,相近的建築之間,有陸橋相通。我很好奇,這些通道和陸橋,顯然都是人人可用的「公共領域」;那麼,平常的清潔維護,怎麼處理?還有,萬一發生行人意外受傷或偷竊搶劫,責任如何劃分?

對於這些問題,雖然我還沒有機會請教本地人;不過,我相信,經年累月之下,一定已經形成一些習慣,處理這些人際交往所衍生的「產權」問題。

到香港快一個月,我認為最有興味的發現,是在「黃大仙廟」前看到的一幕。前幾天,我和家人帶著旅遊導覽,按圖索驥。黃大仙廟,就在地鐵站出口不遠。進了廟門之後,左邊有一排香鋪店,叫賣各式香燭物品。然後,沿著斜坡而上,先經過一個不大不小的噴水池;遊客都在池外伸長了手,接住一些水滴,然後往頭髮上抹——後來才知道,以池水抹髮,可以保平安!水池不遠,就是有近百年歷史的黃大仙廟,這是香港的九大名廟之一。主廟本身,寬大約二十公尺,並不特別雄偉壯觀;不過,因為有求必應、法力無邊,所以廟前擠滿了善男信女,燒香求籤問卜。

我們在廟前行禮參拜、離開之後,才在廟門口注意到有一列人。我算了一下,總共有十二、三個人,偶爾會增減一二。他們排成一長列,每個人的手上,都吊著一個大提袋,裝滿了一包包的香燭。當有香客走近時,最前面的那個人,就走上前去推銷,而香客通常沒停下來買。交易不成,推銷的人就繞到隊伍的最後面,重新排隊,等下一次機會。如果路過的人快速

走過，排在最前面的人沒有機會推銷，他還是排在最前面；不過，如果他已經走近香客，有了推銷的動作，就不能留在前面，而必須回到隊伍的最後面。

琢磨出遊戲規則

可是，到底有沒有推銷，其實界限很模糊；有趣的是，這十幾個人魚貫而上、而出、而回，彼此相安無事。也就是，他們已經琢磨出一種遊戲規則，維持彼此之間和平的競爭。

他們成功的機率，似乎並不高；我看了大約十五分鐘，他們只作成四筆生意。如果這是正常情況，一個小時有十六筆，每個人作成的生意不到兩筆。加上每包香燭的金額並不高，一天八個小時下來，能夠掙得的一定是蠅頭小利。

我這麼粗略一估算，馬上意識到，他們一定多半是老弱婦人。因為她們的機會成本最低，而且比較容易爭取香客的同情。如果是年輕力壯的人，大概會是肢體上有缺陷。我定神一看，果然如此：十二三位裡，除了兩位之外，都是五十歲以上的婦人。僅有兩位男人，大約四五十歲；雖然年富力強，可是都有一隻胳臂少了手腕和手掌。他們和老婦們自食其力的精神，同樣令人敬佩。

這一列推銷香燭的隊伍，當初到底是怎麼形成的，想必沒有見諸於文字；不過，我猜想，大概八九不離十：過年過節時，到廟裡的人多；除了熟客之外，還有許多生客。熟客，會到廟門裡面的香燭店去買；生客只圖方便，因此有了潛在的需

求。

　　剛開始，可能只是少數一兩個婦人，游走叫賣；因為人少，大概生意不錯。加入的人愈來愈多，最後盤據在廟門口。雖然每個人都可以各自叫賣，但是人一多，反而造成混亂；既彼此抵銷力氣，又有礙觀瞻，甚至對進香客造成困擾，引發糾紛。後來，不知哪個人福至心靈，想出這個好辦法：想叫賣的人，都可以叫賣；但是，大家排成隊，輪流上陣推銷、各逞所能。既有次序，又不會彼此競爭，又不會騷擾進香客；雖然表面上是畫地自限，其實是自求多福。

自然形成小均衡

　　這個隊伍，不會太長、也不會太短。因為，太長了輪到的次數太少，入不敷出；太短了收入增加，會吸引其他人加入。而且，參加這個隊伍，每天能賺的錢有限；因此，只適合年齡大的人（年齡太小的兒童，可能違法），因為年輕人有更好的機會。在這些主觀條件和客觀條件的支撐之下，就形成了一個「小均衡」。支持的條件不變，這個均衡可能延續下去；如果條件變化，這個均衡也會發生變化，甚至可能就此消失不見。

　　對旁觀者來說，一般人可能覺得理當如此，不足為奇；可是，對一個經濟學者來說，卻有額外一層意義：聰明的人，會摸索出一些利人利己的生存之道；這些遊戲規則不是事先規畫，而是自然形成。而且，一旦形成，似乎環環相扣、恰到好處。如果經濟學者想提出興革建議、提昇效率，還真不知道要

從何下手、要如何置喙！

我很好奇，香港人多地少的特色，會不會醞釀出人們在行為上或思維上的某些特質？而黃大仙廟前的一幕，大大的加強了我的好奇心……

3-3　觀賣桔者言──之二

「在西方經濟學界裡，張五常是最有名的華裔經濟學者；在華人世界裡，張五常是最有名的經濟學者。」這兩種說法，都不能說毫無爭議；但是，如果要用另外一個名字，同時取代兩句話裡的張五常，恐怕會引起更大的爭議。

張五常地位有公論

因此，在某種程度上，張五常的特殊地位，確實已有公論。而且，這種特殊地位，和他廣為人知（甚至是驚世駭俗）的特立獨行，並沒有關聯。他那些令人困惑、訝異的舉止，是茶餘飯後閒磨牙的好題材，可是和他的學術成就無關。不過，令人好奇的，是張五常學術上的成就，和他在香港成長的背景，有沒有關聯？如果有，又有多少？也就是，他在香港的所見所聞，能不能連結到他的學術論著裡？當然，要回答這些問題，必須先為他的學術成就定位。

在《經濟學名人錄》（*Who's Who in Economics*）裡，列出張

五常對經濟學的貢獻：「因為認定產權對經濟活動有重大影響，所以他的研究，幾乎完全著重在產權和交易成本的問題上。」不過，由這段描述裡，看不出「香港經驗」對張五常的影響。

香港經驗：實際實利

當然，「香港經驗」，本身就是一個模糊抽象的名詞。不過，依我旁觀者的淺見，香港經驗至少有兩點具體的內涵。一方面，因為香港地少人多，彼此接觸頻繁。所以，在工作生活上，會有許多彼此權利重疊和衝突的地方。為了和平共存，人們會發展出各種大大小小的招式，解決這些實際的問題。另一方面，因緣際會，香港成為一個國際性的港埠，到處是賺錢獲利的機會；在一般人的思維上，自然會有實利的考量。因此，簡單的說，香港經驗可以歸納成兩點：實際和實利。實際，是除弊；實利，是興利。那麼，在張五常的論著裡，是不是能找到這兩點特色的蛛絲馬跡呢？

在張五常的學術論著裡，有兩篇文章非常有名：一是〈蜜蜂的神話〉（The Fable of the Bees），一是〈廠商的契約性特質〉（The Contractual Nature of the Firm）。即使已經出版了二三十年，這兩篇文章還是常被引用。

〈蜜蜂的神話〉，無論是文章本身或寫作的背景和過程，都非常有趣。經濟學者一向認為，市場交易只會出現在特定的條件之下；如果相關的條件不具備，就會有「市場失靈」。常舉的

例子，就是蜜蜂和果樹。蜜蜂採花粉釀蜂蜜，同時也讓花果受精。可是，因為蜜蜂飛來飛去，所以養蜂的人和種花果的人之間，無從達成交易。這是經濟學者所接受的「傳統智慧」，大家都認為理所當然。可是，張五常因緣際會，認識一些果農和養蜂人。然後，他收集第一手資料，證明在養蜂人和果農之間，確實有合則兩利的交易發生。

真實世界找尋資料

在經濟學裡，張五常的〈蜜蜂的神話〉和寇斯的〈經濟學裡的燈塔〉（Lighthouse in Economics），一樣出名；真實的世界，和經濟學者腦海裡自以為是的想像，往往相去千里。可是，雖然張五常的文章和寫作背景都饒富興味，大概沒有人想過：〈蜜蜂的神話〉，是不是和張五常的香港經驗有關？

因為已經時過境遷，所以對於這個問題，可能張五常自己都說不上來。不過，有這麼多經濟學者，大家也都知道「市場失靈」的說法，為什麼其他人都人云亦云呢？想想香港經驗所隱含實際和實利的特色，張五常會手到擒來，可能並不是偶然。

當他聽到經濟學的傳統智慧時，也許腦海裡浮現了一個問號：如果在香港，養蜂人和果農會怎麼辦？他們面對的是很實際的問題，而且有唾手可得的實利，難道他們不會想出辦法、自求多福嗎？如果香港人不會錯失機會，難道其他地區的人會嗎？也許就是一念之間，張五常對傳統智慧有不同的解讀；然

後，他就根據自己的信念，到真實的世界裡找資料，最後果然
滿載而歸！

由這個角度著眼，張五常另外一篇著名論文，也就有一層
新的意義。關於廠商理論，寇斯在1837年發表的論文〈廠商得
本質〉，有開創性的貢獻。寇斯慧眼獨具的體會，其實簡單得一
點就明：企業家在運用資源、從事生產活動時，面臨一個抉擇
──要自組廠商（firm），或利用市場就好？問題很簡單，答案
也很簡單：如果組成廠商效率高，就組成廠商；反之，就利用
市場。

張五常的論文，就是在寇斯的基礎上，進一步問：廠商成
立之後，怎麼運作？而他的貢獻所在，就是由「契約」的角
度，闡明廠商活動的性質。當廠商成立、雇用人力物力時，只
能訂下一紙概括性的契約。譬如，上班時間八小時，早九晚
五，中間休息一小時。可是，在上班時間之內，到底要做些什
麼事，在契約裡都付諸闕如。

因為，在簽訂契約時，雇主擁有的資訊有限，他並不知道
要員工做哪些事；而且，列出契約裡各項條款，本身要耗費成
本。因此，最好的作法，就是訂出一紙不完全契約（incomplete
contract）；只作籠統的約定，不作細部的限制。這種契約，對
員工和雇主都好。當然，不完全契約本身，會進一步影響廠商
的結構和規模。

不受傳統見解束縛

張五常的特殊體會，難道和他的香港經驗無關嗎？他在香港成長時，耳聞目見，都是街坊左右營生謀利的景象。為了生存，會有各式各樣的作法；為了賺錢，可以展現無比的韌性，承擔千奇百怪的考驗。以不完全契約從事經濟活動，不就反映了實際和實利的特質嗎？因此，張五常的香港經驗，或多或少、或直接或間接，可以連結到他在學術上的見解。因為見解特別，剛好就成為他對經濟學的貢獻。也就是，張五常以他特立獨行的個性，不受傳統見解的束縛，而讓香港經驗鮮活的反映在他學術上的揮灑裡。

這種聯想，其實不算牽強。只要想想諾貝爾獎得主森（Amartya Sen），他的印度經驗、和他的論著裡對貧窮和人道的關懷，不是也有明確可循的脈絡嗎？

3-4　香港的SARS和台灣的SARS

人生際遇，實在很難逆料；這次應邀到香港城市大學客座半年，竟然碰上SARS。現在，香港的疫情逐漸穩定，而台灣的情形卻似乎正在加劇。我來自台灣，身在香港；眼看SARS在兩地的情形，多少有一點感想。

首先，是台灣的情形。最近由報紙上，看到幾則新聞：一是陳水扁在總統府，召集台北各主要（教學）醫院的院長開

會，研擬對策；二是內政部長余政憲帶頭，突擊檢查民家隔離的情況；對於該在家而不在家的人，余政憲當場指示，開出罰單；三是台北和平醫院封鎖時，有些醫護人員離開崗位。馬英九嚴正表示，醫護人員擅離職守，視同「陣前抗命」。這些新聞，都是我隔著一段距離，所看到的報導。

其次，是我身在香港，親身的體驗。SARS爆發後，學校曾經停課兩週；復課之後，校方公布一連串的措施，調整教學和考試的進度。而由幾件小事上，可以看得出學校的處置。一是在校園入口，警衛主動提供口罩，給所有進出校園的人使用。二是圖書館裡部分區域淨空，撤除所有不必要的陳設和布置，特別是櫥櫃和布幕。三是每隔十天左右，由校方發到各系，給所有的師生每人兩只口罩；四是電梯的控制板，全部貼上透明膠布，經常有工作人員擦拭消毒。五是最大的學生餐廳裡，供應拋棄式的刀叉筷匙；而且，調整桌椅布置，把本來餐桌兩邊對望的座椅、撤掉一排，避免進餐時面對面而坐。

前幾天下午，我教的課考期末考（香港採英制，每年三個學期，現在第二學期剛結束）。我到教務處領考卷時，教務處人員給我一大包東西，並且略作說明。我帶進教室打開一看，發現學校準備了這些材料：一個講義夾，裡面有注意事項，要求老師監考時做到，包括提醒學生戴口罩、注意體溫等等；一個由電池操作的體溫計；一雙手術用手套，收發考卷用；一盒簡易式口罩、一罐噴霧式酒精、還有一包消毒用手巾。這不是特例，是學校為每一個老師、每一門課期末考所作的安排。以我長期在台灣成長、生活、工作的經驗，能作到這種精緻程度的

公私機構，在台灣可能為數並不多。而且，我相信城市大學的作法，也反映了香港其他的公私立機構的一般水準。

相形之下，台灣首長們的大動作，卻令人困惑。陳水扁召集第一線的醫院院長開會，有實質意義嗎？指揮醫院院長的，應該是他們直屬長官，也就是縣市的衛生局長、或行政院的衛生署長；即使由行政院院長來直接指揮，都是違反行政體制。在一個強調專業掛帥的現代社會，這是很令人訝異的作法。內政部長余政憲的舉止，也同樣令人不解。內政部之下有警政署，警政署之下有各縣市的警察局，縣市警察局之下還有其他組織；由內政部長直接抽查居家隔離措施，並且當場指示開罰單，輕則違反指揮體系，重則違法。當然，這不是余政憲第一次違法；嫌疑犯戴上頭罩，是保障人權、尊重司法獨立的基本措施。可是，他曾在媒體面前，當場要求警員卸下嫌疑犯的頭罩！

馬英九視同「陣前抗命」的獅子吼，同樣令人心驚。陣前，是面對你死我活的敵人；陣前抗命，受軍法審判。護理人員抗命，是受一般法庭或軍法審判？在軍人、警察、消防隊的薪水裡，有「危險加給」；和平醫院的護理人員，領有同樣的加給嗎？該承擔類似的風險嗎？就事論事，依法言法；和平醫院那幾位醫護人員，能「視同」陣前抗命嗎？在哈佛法學院教馬英九的老師們，如果聽到他這種宣示，不知道會作何感想？

台灣和香港兩相對照，一方面是行政首長們捨我其誰、進退失據、並沒有實質效果的大動作；一方面是將心比心、為所當為、明確具體的小動作。除了「外國的月亮比較圓」、「長他

人志氣、滅自己威風」等等的說辭之外,對於兩地的差別,是不是也能有一些後見之明呢?

依我淺見,台灣和香港的歧異,主要是文化背景和歷史經驗使然。香港是華人社會的一環,但是經過港英治理之後,已經具有英國文化的某些特質。一方面,文官體系成形,分層負責,各有所司。另一方面,司法獨立,深入人心。因此,雖然董建華在香港頗受批評,在台灣更是經常受到嘲弄;但是,在我的印象裡,常在電視上看到他四處走動,可是從來沒有看過他直接指揮基層單位。在三權分立、自成體系的文化裡,他腦子裡根本不會有那種念頭;即使有,如果他想那麼做,別人也不會讓他那麼做。

台灣,則依然延續華人文化的傳統,行政權凌駕一切,而且是中央集權。基層無從負責,也不敢負責;最高首長衝到第一線,自己不覺得有什麼不對,別人也不以為忤。這是傳統文化的桎梏,淵遠流長。不只「新政府舊官僚」是如此,「新政府新官僚」也不遑多讓。這是華人文化裡已然成形的「原罪」;需要特殊的際遇或有意識的努力,才可能逐漸過濾洗滌。到底「新台灣人」什麼時候才會出現,真是令人有無比的期待。

當然,一葉不足以知秋;對於單一事件,毋需賦予太多的意義。不過,香港和台灣的首長都強調:對抗SARS,人人有責。我只是站在一個社會科學研究者的立場,由SARS各處肆虐的行徑裡,希望萃取出一點有意義的訊息吧!

3-5　琢磨

　　這章裡的四篇文章，都和香港有關；香港，在華人社會裡，當然有著極其特殊的地位。香港社會裡務實求利的精神，和地理位置以及市場經濟有關；崇尚法治的傳承，和港英治理有莫大的關係。現在，華人社會普遍「走資」，但是「法治」的傳統卻還有待雕鑿；香港經驗能不能擴充和移值到其他的華人社會，在理論和實際上，都是不折不扣的大哉問！

　　另一方面，在香港客座結束之後，我回到台灣；好幾位朋友告訴我，SARS的文章在台灣見報之後，台灣很多公司機關的大樓裡，電梯的控制板都貼上了透明膠紙，但是也僅止於此。以小見大，面對問題時，作業程序的精緻或粗糙，本身就反映了社會專業精神的高低。專業精神和資本主義之間的關係，似乎是另一個值得探討的課題。

翠玉白菜值多少錢？

4-1　牛奶和眞理

在經濟學教科書裡，經常會用魯濱遜和星期五的例子，說明以物易物的基本原理。可是，雖然他們的例子生動有趣，他們之間的交易和工商業社會裡真正的「市場」相比，相去不可以道里計。

現代社會裡，衣食住行都脫不了市場；而經濟學者由研究市場裡，也得到許多重要的體會。事實上，經濟學者還利用「市場」的觀念，去分析許多非經濟的活動。諾貝爾獎得主布坎楠（J. Buchanan）和寇斯（R. Coase），是其中的佼佼者。布坎楠認為，官僚政客和一般人一樣，也會盡可能的追求自己的福祉——升官和當選——因此，分析牛奶市場的觀念，也可以用來分析官僚和政客的市場。

寇斯的體會，異曲而同工；他曾發表一篇論文，名為〈商品的市場和言論的市場〉（The Market for Goods and the Market for Ideas）。主要的論點，是在牛奶麵包等商品的市場裡，廠商會爭取通過有利的法令，保障自己的地位。同樣的，在言論思想的市場裡，以報紙雜誌電視廣播為主的廠商，也會爭取對他們有利的法令。因此，對經濟學家而言，「市場」變成一種參考座標；在分析人類行為和人際互動時，會自然而然以市場為標竿。

由這個角度來看，就不難體會最近在美國經濟學界的一場小論戰。對陣雙方，都是經濟學界赫赫有名的人物：一位是若森（S. Rosen），是芝加哥學派的代表性人物之一，曾當選為美

國經濟學會的會長；另一位是易格（L. Yeager），是南方名校奧邦大學（Auburn University）的講座教授。論戰的焦點，就是「市場」這個參考座標。

論戰的導火線，是若森發表一篇論文，探討奧國學派和新古典理論之間的互動。奧國學派的基本立場，可以以最富盛名的海耶克為代表。他認為，價值是主觀的，不一定能由客觀的數字來衡量；市場的價格體系，能發揮傳遞訊息的重要功能，而且全是自發性的；相形之下，計畫經濟以人為神，會扭曲資源的流向。

若森主張，雖然對於海耶克的基本理念，經濟學者大多耳熟能詳；奧國學派的經典名著，也曾啓迪無數年輕人的心智。可是，就事論事，以「市場」的尺度來檢驗，奧國學派表現不佳。在學術的市場裡，經過篩選過濾、競爭淘汰，除了零星散布的極少數經濟學者還奉奧國學派為正朔之外，絕大多數的經濟學者都是新古典理論的信徒。因此，奧國學派的處境，雖然不能以奄奄一息來形容，但是和偏處一隅、自生自滅其實相去不遠。

對於若森這種躊躇滿志、「試問今日之域中竟是誰家之天下」的語氣態勢，易格也毫不客氣的針鋒相對。他先澄清，自己並不是奧國學派的死忠信徒，最多只能說是奧國學派的同情者；但是，站在旁觀的立場，他覺得該針對若森的「市場考驗」（the market test）說幾句公道話。

易格並不諱言，在經濟學界裡，奧國學派確實是不成比例的少數；而且，雖然有自己的學術期刊，可是這個學派的學

者，卻往往在圈內彼此傳教、或是玩弄文字遊戲；奧國學派逐漸邊陲化，有以致之。可是，對於若森沾沾自喜，以「市場考驗」來論證學術上的優勢劣敗，易格卻大不以為然。他反問若森：「從什麼時候開始，市場是鑑定商品、文學、藝術、音樂、科學、和學術等等高下優劣的仲裁者？」而且，「從什麼時候開始，真理和美是由市場來決定的？」

這兩個擲地有聲的問題，一針見血的指出若森的盲點。對很多活動來說，並不適於用牛奶麵包的「市場」來檢驗品質的高下。當然，易格的質疑，可以從另外一個角度來引申……

在牛奶的市場裡，每個消費者的聲音一樣大，票票等值，沒有所謂權威可言。可是，在文學藝術音樂的市場裡，票票不等值；評估好壞高下，確實有另外一套尺度。而在學術和真理的市場裡，票票不等值的現象更明顯。著作等身的人，說話當然比兩袖清風的人大聲；諾貝爾獎得主順口一句話，分量往往要比新科博士的整本論文重得多。這種差異，反映的是學術活動的特質——累積精緻的價值，是一個凝結雕塑的過程。這個過程裡，有新手、老手、低手、高手、小明星、大明星、超級巨星。

因此，牛奶的市場，在結構上像是一視同仁的平面；而真理學術的市場，則像是層層積累的金字塔。牛奶和真理學術的這兩個市場，等於是光譜的兩個極端。若森的缺失，就是把這兩者合而為一。在經濟學裡，奧國學派和新古典陣營的相對地位，大概不會因為若森和易格的論戰，而有太大的變化。不過，若森和易格的論爭所透露最大的啟示，是讓「市場」的概

念比以前更精緻。

當我們分析公共政策和教育等等問題，而希望以市場為參考座標時，顯然必須提醒自己：我們所面對的，是比較接近牛奶的市場，還是比較接近真理的市場？

4-2　一以貫之的道

在人類的歷史上，文字印刷、火藥、羅盤，固然都是極其重要的發明；不過，在影響的深度和廣度上，這些發明都遠遠比不上「貨幣」。貨幣的演變，本身就是極其有趣的一個過程。從早期的貝殼，到後來的銅鐵金銀，到晚近的紙幣、信用卡，以及網路上的虛擬貨幣，其中的曲折起伏，已經有汗牛充棟的論述。

對經濟學（家）來說，貨幣——錢——所以重要，是因為這是大眾都接受的媒介；有了這個媒介，才可以支持各式各樣的交易。而有了交易，才可能創造「多餘價值」，才可能累積資源和財富。如果沒有這個「共同的度量」（common measurement），即使有再多的比爾蓋茲，也不可能造成資訊革命。事實上，如果沒有貨幣，根本就不可能有比爾蓋茲——一個都不可能；現代社會的市場活動，事實上是由不起眼的貨幣所支撐。

不過，這是經濟學者的體會，是一般民眾不感興趣的益智遊戲；對社會大眾來說，反而比較在乎關於「錢」的一些傳統智慧：錢不是萬能，但是沒有錢卻是萬萬不能；有錢能使鬼推

磨；貧賤夫妻百事哀；錢不是一切，但是錢卻可以轉換成許多其他的東西。

前幾天傍晚，沿著環繞香港城市大學校園的林間小徑慢跑時，我突然想到這個問題。經濟學者知道貨幣有重要的功能，也知道金錢的諸多意義；可是，到底有多重要，能不能換個角度想：不是把錢換成牛奶麵包，而是換個方向，把所有的價值和情懷轉換成貨幣？如果喜怒哀樂、美醜善惡都能轉換成貨幣單位，不但市場的規模會擴大，人際之間的交往也會大異於過去。

情懷轉換成貨幣

雖然這個想法有點荒謬，但是也有相當的意義。除了有智識上的興味之外，或許也能觸及經濟學某些根本的問題：以經濟學一以貫之的試著分析各種社會現象，疆界和侷限到底何在？當我為自己設下這個問題之後，就三不五時的在腦海裡盤算：怎麼幫我面對的情境訂個價？怎麼為我情緒上的感受找個貨幣單位？

一定下問題，考驗馬上到來。昨天下午去聽一場校內的演講，因為在研究室裡趕文稿，所以晚到了廿分鐘。演講廳已經關上大門，但是外面有一個大銀幕，作即時的轉播。室外沒有座椅，我覺得有點懊惱；我立刻問自己，這種不快值多少錢？

思索一陣後，我發現沒有著力點，不容易為小小的不快定出一個價格；因此，我換了一種問法：自己願意付多少錢，進

場去坐著聽演講？因為演講品質如何，我並不清楚；所以，斟
酌之後，我想我願意掏美金10元入場，而不願意站在外面看。
沒過多久，工作人員好心幫我拉了一張椅子；坐在椅子上，懊
惱的情懷大幅下降。現在，我大概只願意付2美元進場。其實，
無論是哪一個價錢，細究之下，和懊惱情緒的關聯都很模糊，
最多只是一種直覺的揣測而已。

今天上午有課，下課後幾位同學聚到前面來討論問題。其
中兩位拿了我的書，請我簽名；我覺得很有趣，因為在台灣教
書十多年，還沒有學生請我簽名過。在城市大學客座沒幾個星
期，就有這種際遇。走回研究室的路上，我試著揣摩；心理上
小小的虛榮，大概值多少錢。我知道，自己不會付錢，請別人
找我簽名；所以，「願付價格」（willingness-to-pay）的想法，這
次行不通。換一種方式，我問自己：在地上意外撿到多少錢，
大約會有同樣的快樂？琢磨一番之後，我想一千美金太多，而
且沒撿過、也不知道感受如何；快樂的程度，也許等於撿到一
百美金，而且不必交給警察。

為別人成功高興

回到研究室，電子信箱裡有一封學生寄來的短函：「老
師，我終於通過博士口試了，特別謝謝您多年來的鼓勵！」雖
然我早就預期他會過關，真正發生時還是很高興。這位學生很
特別，他大學讀的學校不算好，畢業後到台北市政府服務。幾
年前，他參加推廣教育，到台大修學分；我鼓勵他考研究所，

他一口氣考上台大動物研究所；讀完碩士之後，又考上博士班。在知天命之際，終於通過口試，成為台灣最高學府的博士。對於他的升遷，這個學位幫助不大；但是，對他個人而言，卻意義非凡。我知道他一路走來的歷程，所以特別為他高興。

這種為別人高興的情懷，又可以換算成多少錢呢？對於他自己，今天很可能是他一生最快樂的幾天之一；但是，我雖然高興，卻還是隔了一層。我「應該」覺得很欣喜，可是仍然很難定個價格。為了這種喜悅（而不是為了讓他通過口試），我真的不知道願意付多少錢。也許，這種感覺，和在口袋裡意外發現有五百元美鈔一樣！

缺經驗難找參考

由這幾件事例裡，我體會到要把其他價值轉換成錢，並不容易；以金錢來一以貫之，實際上很困難。不過，經過這個小小的益智遊戲，也不是全無收穫。

至少，我知道以「願付價格」來處理公共政策（如果新設一座公園，你願意付多少錢），誤差可能很大。原因很簡單，對於經驗裡所沒有的事項，不容易找到有意義的參考點。至少，我也知道，在思維的方向上，要把其他價值轉換成錢，不容易；相反的，由金錢轉換成其他價值，就比較有脈絡可循。譬如，花錢買一束花，很容易轉換成友情、愛情、親情、和自己的好心情。還有，至少我也知道，金錢出現的時間還不夠久；

因此，比不上人在農業社會裡、所發展出來的生理機能，更比不上人在原始社會裡、所演化出喜怒哀樂的情懷。但是，如果時間夠久，貨幣所能發揮的空間，想必會愈來愈寬廣。

據說在日本，很多子女都在外地工作；因此，過年過節時，父母就花錢雇一些「假子女」來承歡膝下……

4-3　你說奇怪不奇怪

在紐約華爾街人潮洶湧的街角，地面上有一張百元大鈔；可是，一直沒有人去撿，為什麼？

面對這個問題，大部分的經濟學者會說：這個故事的前提不成立；如果地上有百元美鈔，不可能沒有人去撿。不過，極少數的經濟學者可能會豎起耳朵、繃起神經；如果真有這種事，說不定了解事情的原委之後，可以寫成一篇挑戰傳統智慧的好文章。可是，不論是哪一種反應，其實都掙脫不了經濟學的手掌。人是理性的動物，會自求多福；即使看起來不尋常的現象，追根究柢，還是人的理性和自利在作祟。

1994年，兩個年輕的經濟學者申請到一筆經費，打算研究「那斯達克」（Nasdaq）的證券交易情況。這個市場，是以科技、生化和中小型股票為主的交易重鎮。和紐約證券交易所相比，在規模上已經互別苗頭。而且，因為交易股票的性質使然，一直是舉世矚目的焦點。

根據證券交易的規定，凡是每股10美元以上的股票，交易

價格以1/8美元為單位升降。因此,微軟成交價的尾數,可能是偶數(0/8,2/8,4/8,6/8),也可能是奇數(1/8,3/8,5/8,7/8)。按理說,因為競爭激烈,交易量又大;因此,股票價格落在奇數和偶數的機會,應該一樣多才是。可是,兩位學者卻意外發現:事實不然。他們手上有1991年的交易資料,而在這段期間裡,許多股票(包括蘋果電腦在內)的交易價格只有偶數,而沒有奇數。也就是,理論上價格應該每1/8美元一跳,可是實際上只出現2/8和2/8倍數的差距。

他們擔心資料有差池,所以向不同的來源求證,結果還是一樣。可是,明明有1/8美元價差的空間,可以成交獲利,為什麼平白放棄?日積月累,不是錯失了大把白花花的銀子?──街角地上的百元大鈔,真的一直沒人撿!為了比較,他們又蒐集紐約證券交易所同時期的資料。兩相對照,差別非常明顯。在紐約,交易價格偶數奇數都有,差距就是以1/8美元為單位。可是,在那斯達克,某些熱門股的交易裡,奇數價格卻是絕無僅有。

兩位學者知道,他們網中已經有一條罕見的大魚;只要找出原因,揚名立萬可以說是手到擒來……

經過進一步的分析,他們發現:在那斯達克交易最頻繁的一百種股票裡,有70種只有偶數價位,包括英代爾(Intel)和微軟這些知名公司。另外30種股票裡,則是奇數偶數的價位都有。顯然,在那斯達克交易的股票,價格可以正常起伏,但是實際上卻有許多不正常的升降。

他們排除掉各種可能的原因之後,剩下的是最合情合理、

也最令人驚訝的解釋：主要的股票經紀商（號子），彼此以默契維持偶數價位。以2/8美元的差距上下調整，可以增加號子轉手的利潤。因為所有號子買賣的價格，都在電腦螢幕上出現；所以，如果有人破壞行情，其他的號子可以聯手抵制。因此，即使在廝殺最激烈、最唯利是圖的股票市場裡，藉著號子彼此之間的合縱連橫，就可以形成勾結（collusion）、抑制競爭。

兩位學者把研究發現寫成論文，發表在著名的《財務學報》（Journal of Finance）裡；沒想到，象牙塔裡的研究，竟然在象牙塔外的世界裡掀起滔天巨浪。1994年5月24日，他們公布研究成果；第二天，《洛杉磯時報》（Los Angeles Times）作了電話訪問。消息在5月26日見報之後，立刻引發一連串的風波。第三天5月27日，過去採取偶數報價的號子，「突然」發現奇數報價的奧妙，在作法上也立刻改弦更張。短短幾天裡，在交易量前十大的股票裡，只有英代爾的報價還是偶數價位；但是，這也只是困獸之鬥而已。10月19日，《洛杉磯時報》報導，美國司法部將追究那斯達克號子們的作法，是不是違反《托拉斯法》；一天之內，連英代爾的股價，也開始了奇數價起伏！

除了司法部的動作之外，證券交易委員會和證券經紀商協會，也成立調查小組。不過，最具體的行動，是好幾家律師事務所聞腥而至；他們代表投資大眾，提起集體訴訟，控告號子們勾結壟斷。經過漫長的司法程序，在1997年36家的號子同意庭外合解；他們毋需承認不法，但是要拿出十億美元的賠償。

在這件事情裡，誰是贏家，誰又是輸家呢？最大的贏家，當然是律師們；代表投資大眾的律師事務所，依契約可以得到

賠償金額的百分之三十。代表號子們的律師,雖然輸了官司,
照樣有一筆可觀的進帳。兩位學者和鉅額賠償無關,但是他們
也名利雙收。文章發表時(1994年),他們分別是范德堡大學
(Vanderbilt University)和俄亥俄州立大學(Ohio State University)
的助理教授;現在,他們已經分別成為范德堡大學商學院的院
長和聖母大學(University of Notre Dame)的講座教授。

最大的輸家,當然是過去在那斯達克呼風喚雨的號子們。
他們放棄1/8美元的蠅頭小利,希望攫取更大的利益;他們放著
地上的百元大鈔不撿,而希望撈到更誘人的果實。結果,偷雞
不成,賠了夫人又折兵——美國證券交易所(AMEX)的一家號
子,在報紙上登廣告,調侃那斯達克的同業:「我們童叟無
欺,價差壓得比果醬罐的蓋子還緊!」

對經濟學者來說,這樁事件也很有啓發性。雖然在最深層
的意義上,有錢就是能使鬼推磨;但是,不同的鬼、在不同的
環境裡,很可能就推出不同的磨。即使在光天化日之下,還是
可能出現稀奇古怪的人和事。因此,經濟學者毋需放聲高喊:
「狼來了!」但是卻可以、而且應該準備好,隨時可以指出混在
羊群裡的狼、以及混在狼群裡的羊!

當人行道上有一張百元大鈔時,是要彎身撿起,然後昂首
闊步而去?還是要四處環顧,看看有沒有藏在某個角落裡的攝
影機、或是站在不遠處冷眼旁觀的經濟學者?……

4-4　翠玉白菜值多少錢？

　　幾年前我曾到一個司法單位演講，介紹經濟學對法律的分析。聽眾多半是法學背景，對新興的「法律經濟學」接觸不多；因此，幾乎是以一種義憤填膺的方式，來面對經濟學帝國主義（economic imperialism）。

　　我記得，有一位聽眾舉手表示：由經濟學成本效益的角度看，對於臨終的病患，是不是因為必死無疑，所以就袖手旁觀，省下醫療資源？可是，人的性命難道能用金錢來衡量嗎？

文化瑰寶難用金錢衡量

　　這種幾乎是挑釁的質疑，我不是第一次碰上；我盡量克制情緒的回答：一個好的經濟學者，不是這麼看問題；他真要仔細思索的，是當醫生面對這位臨終將逝的病人和其他的病人之間，要如何分配他手上的醫療資源。因此，不是人命和金錢（醫療資源）比，而是這條人命和其他的人命之間相比！

　　經濟學（者）看事情的角度，似乎不只和法律學者不同，和一般社會大眾也頗有出入。由最近「為翠玉白菜定價」的爭議上，好像又再次驗證這種觀點上的歧異：

　　翠玉白菜，是台北故宮裡的鎮山之寶之一；清朝玉匠巧思精工，把一塊白中帶綠的玉，雕刻成一顆白菜和蟄伏其上的蟋蟀。白菜和蟋蟀都栩栩如生，白綠相連的顏色渾然天成；這不只是台北故宮的無價之寶，更是人類文明的瑰寶。不過，會煞

風景的，顯然不只是經濟學者。相關單位在查核各機關財產時，發現故宮裡有許多典藏，在價值的欄位上都是空白；因此，行文給故宮，要求更正補齊。翠玉白菜，就是其中之一！

消息見報之後，自然引起一波小小的漣漪。許多讀者投書表示，翠玉白菜是無價之寶，不可能定價；主管單位食古不化，作法可議。還有人建議，效法梵蒂岡的作法，把許多珍貴藝術品、象徵性的定價為一元。雖然沒有人點名批評經濟學者，不過我知道，在很多人的心目裡，經濟學幾乎等於唯金錢貨幣論。為翠玉白菜定價的作法，似乎就是經濟學者的傑作。可是，真的是如此嗎？經濟學者又是怎麼看翠玉白菜這件事呢？……

定價一元作法觀點粗淺

最粗淺的觀點，是贊成定價為一元的作法。為了符合財產登錄規定、或電腦程式處理規則，可能必須要有個數字；象徵性的寫下一元，只是符合規定，並不表示真的只值一元。比較深刻的思維，是「無價之寶」的實質內涵。就像「海枯石爛」、「兩肋插刀」等等，無價之寶主要是個形容詞，表示非常珍貴、價值很高、很難定價。但是，並不是不可比較或不可處理；因為，在許多無價之寶之間，還是有個高下排序。譬如，如果要由台北故宮選出「一件」最貴重的珍藏，那麼在斟酌之後，還是會有取捨。

如果選的是翠玉白菜，可能是著眼於藝術和手工；如果選

的是毛公鼎，可能是著眼於歷史和文化傳承。無論如何，無價之寶並不表示至高無上或絕對。而且，更具體的問題是，為了維護翠玉白菜、毛公鼎等等的無價之寶，要動用有形的人力物力，要有防塵防震防溼防火防盜的設施；而這些支出，都是由納稅義務人來承擔。就像醫生要在病人之間取捨一樣，在眾多的事項之間（故宮、國民教育、交通設施、國防、治安），社會大眾也必須面對抉擇。單單宣稱翠玉白菜是無價之寶，而忽略了柴米油鹽這些平實具體的問題，可以說是見樹而不見林！

更重要的，其實是了解「價值」形成和演變的過程。雖然眾議僉同，翠玉白菜是無價之寶；可是，不要忘記，人還是決定價值的主體。追根究柢，客觀的價值並不存在，價值的認定還是來自於人的認知和賦予。

經濟學家不執著一時價值

當人們的主觀價值有了交集，才有所謂的「客觀價值」。因此，唐代的仕女，都以豐腴為美；而當代的美女，通常是凹凸有致。一旦主觀價值飄流變遷，客觀價值也自然與時俱進。如果將來人們覺得教育更重要、或太空探險更有意義，那麼故宮的地位（和預算）可能就相形見絀。故宮式微，翠玉白菜當然此一時彼一時；至於還是不是無價之寶，似乎就不是那麼重要了。

所以，抽象的來看，經濟學者在乎的不是單一事物的意義、或單一物件的價值；經濟學者在意的，是不同的事物（物

件）在彼此襯托之下，所呈現出的對應狀態。而且，經濟學者
也不執著於一時一地的價值，而是更注意價值在時空中的變
化，以及這種變化所透露出的訊息。經濟學所探討的，不只是
「價格」、而是更廣泛的「價值」；價格，只是眾多價值之一而
已。經濟學者希望能闡明價值的內涵、價值體系的特性、和價
值變遷的脈絡。

結論很簡單：翠玉白菜值多少錢？老實講，在經濟學家的
眼裡，這個問題並不重要！

4-5 琢磨

這章裡的四篇文章，雖然表面上是討論牛奶、白菜這些平
凡的事物；可是，在表面之下，卻蘊含了很多層的意義，值得
細細咀嚼、再三沉吟。在牛奶的市場裡，產品同質，競爭的意
義比較直截了當。在真理（其他價值）的市場裡，產品不同
質，競爭的意義要複雜得多；要分出高下，需要更精緻深厚的
條件。在哪些條件下，才能勉強維持一個差強人意「真理的市
場」呢？

此外，生命有價無價，聽起來義正辭嚴，其實偏離了真正
的問題所在；關鍵所在，不是把生命和金錢放在天平的兩端，
而是在天平兩端都放上生命──要提昇生命的尊嚴，值得先發展
教育或先保障治安？先發展基礎教育或先提供基本醫療設施？

敬鬼神

5-1 敬鬼神──之一

幾年前有一天，大清早八點不到，一個研究生走進我的研究室。她開門見山，表示想請我當她的指導老師。

我有點意外，因為她不是經濟所的研究生。她說：與其向普通的老師學個七八分，不如向功力深厚的老師學個一兩分。我覺得她說的很有道理，就毫不矜持忸怩的一口答應。我問她對什麼題目有興趣，她提到因為剛失戀，正在道場修身養性、鑽研佛學。我靈機一動，就幫她訂下題目：「經濟學對《金剛經》的闡釋」。《金剛經》的內容，是釋迦牟尼佛涅槃之前、最後的開示；因此雖然全文不過五千餘字，但可以說是佛教最重要的經典之一。我一直想找機會一窺堂奧，現在剛好因緣際會。

她欣然同意，於是我一邊指點她，一邊自己也閱讀相關論述。沒想到，幾個月之後，她受道場道長的影響，認為不應該從經濟學的角度探索佛門經典。而後，她又決定休學，到金融機構任職。論文的事，不了了之。但是，經過一段時間的思索，我自覺對《金剛經》稍有體會，可以發而為文。當時，我剛好要遠遊，陪兒子和學生到紐西蘭和澳洲畢業旅行，就打算邊玩邊想邊寫。

臨走前，還發生一段插曲。有天坐計程車，看到車裡有些印刷品，是某個一貫道道場的課程表。仔細一看，其中竟然有關於《金剛經》的釋道。司機看我目不轉睛，問我是否有興趣；我一開口，他說他就是《金剛經》的講師！他除了在道場

講道之外，還在某個廣播電台主持節目。我告訴他自己即將遠行，約好回國之後和他聯繫，當面向他請益。回國之後，手邊事忙，一直沒能和他聯絡。沒想到，有天看報紙，突然看到他的消息：在二二八事件紀念會上，有一場歷史戲；他扮演當時台灣的行政首長陳儀。一不小心，他從戲台上摔下來，意外死亡！——不知道他能不能適用「二二八事件死難賠償辦法」？

　　到紐澳之後，白天四處遊覽，我腦子也沒閒過。晚上，學生們都去秀場看表演，或是到賭場試手氣；我把兒子哄上床之後，就坐在旅館的化妝檯前，把白天所想的落筆為文。每天寫1200到1500字，前後八天，也就完成一篇論文。論文的名稱，就是〈經濟學對《金剛經》的闡釋〉；除了登在中文期刊之外，後來的英文稿也刊載在國際學術期刊。而且，最近還接到一封信，一位佛學叢書的主編，表示想把那篇論文收錄到他主編的叢書裡——希望不是作為反面教材！

　　《金剛經》所蘊含的哲理，絕妙高超。譬如，「若名福德，即非福德，是為福德」；翻成白話文，大意是：做善事時，心中不該有「我在做善事」的念頭；若有這種念頭，就不算真的是做善事。摒棄這種念頭，才真正是善事。老子的「道可道，非常道」，也有類似的理念。不過，相形之下，《金剛經》的義理多了一個層次，也就是第三個步驟的「是為福德」——當然，老子的支持者會強調，「無名，天地之始」意境更為超絕！

　　依我淺見，《金剛經》的核心思想之一，是「離相無住」的概念；以白話文來描述，約略是「抹去自我」。對於這個概念，有位德國哲學家柯姆（S. C. Kolm）這麼譬喻：抹去自我，

就像一條大蟒蛇由尾巴開始吞下自己；吞到最後，即使自己沒有完全消失，也所剩無幾。另外有一位韓國學者韓太洞（Tai Dong Han），是美國普林斯頓神學院（Princeton Theological Seminary）的哲學博士；他曾在著名學術期刊發表論文，用交集聯集等數學符號，證明《金剛經》和《聖經》裡的思維是相通的。而他對「抹去自我」的描述是：先設法忘記，然後再設法忘記「自己已經忘記」這回事！

我記得，在迪士尼的卡通裡，有一集是兔寶寶在粉刷房間；刷子把牆壁漆成白色之後、再把地板也漆成白色。然後，刷子再把兔寶寶自己抹去；最後，畫面上只剩下一個刷子。這個畫面，也和「抹去自我」有異曲同工之妙。我自己的譬喻，是想像吃西式自助餐時，餐檯上有各式各樣的餐點食物。如果一個人能經由思維的訓練、說服自己：所有的餐點都是一樣的、沒有任何差別；那麼，這等於是在智識上不再有「分別心」。

無論是哪一種譬喻，都是希望烘托出「離相無住」（抹去自我）的精髓。每一個人只要靜坐幾分鐘，在腦海裡琢磨一陣，就知道要放下自我很不容易；更何況，在放下自我之後，還要再把「放下自我」這個概念也放下！對於《金剛經》深邃的思維，我非常敬服。不過，由這一趟智識之旅的過程裡，我也體會到「教義」和「宗教」的差別。教義，是一套思維，一種世界觀；宗教，是透過組織而進行的某些活動。因此，教義可以去塵絕俗，不食人間煙火；可是，宗教是社會正常活動的一部分，也就不可避免的牽涉到喜怒哀樂、功名利祿、生老病死、

利弊得失。

我很好奇，常參加宗教活動的人，主要是折服於宗教的義理，還是因為精神和心理上能得到師兄師姊、道友教友們的支持？……

5-2　敬鬼神——之二

前一段時間上課時，討論到人的「自利心」，少不了又有一番爭議；許多人質疑：人不完全是自利的，慈善家和宗教家都是一心為人、是利他的。我覺得多言無益，就福至心靈的出了個家庭作業：以三人一組為單位，去探究一下在宗教和慈善團體裡，到底怎麼處理「資源分配」和「獎懲升遷」的問題。

對我來說，觀念很簡單：在宗教和慈善團體裡，也面對資源分配的問題。同樣一筆錢，用到一種志業，就不能用到其他志業；負責不同志業的人，難道不會為自己的志業爭取資源嗎？同樣的，宗教和慈善團體裡，既然是組織，就有各種職務和位階。難道這些組織裡的人，不會有競爭較勁的情懷和作為嗎？

兩個星期之後，我收到繳來的作業；雖然寫得都很用心，但是其中只有一組真正觸及問題的核心——他們從台北搭飛機到東部花蓮，實地訪談一個著名的宗教團體；他們發現，這個團體是以微妙的方式，處理資源分配和獎懲升遷的問題。有趣的是，很多報告提到，當他們訪談一些宗教和慈善機構時，剛開

始氣氛都很好。但是，一旦他們問到實質的競爭和取捨問題時，受訪者往往臉色大變，然後冷漠以對。

對於一般人來說，由「自利心」的角度來看慈善和宗教團體，似乎是以小人之心度君子之腹，是一種褻瀆。不過，如果能保持著一點智識上的好奇，再心平氣和一些，也許可以對宗教和慈善活動有更深刻的了解。芝加哥大學法學院講座米勒教授（G. Miller），1993年在知名學術刊物《法學論叢》（Journal of Legal Studies）發表論文，對《聖經》的內容提出一種前所未有、但發人深省的解釋。

論文的主旨，可以藉著一個假設性的問題來反映：一個廠商會設法包裝自己的產品，以吸引消費者、並追求自己的利益。同樣的，古希伯來時代的祭司們，也可以看成是提供祈禱祭祀的廠商；他們既是決定宗教儀式的裁判，又是享受祭祀奉獻的受益者。那麼，他們會如何設定各種遊戲規則，以符合自己的利益呢？

《聖經·創世紀》裡該隱（Cain）和亞伯（Abel）兩兄弟的故事，提供了鮮活的說明。哥哥該隱是農夫，弟弟亞伯是牧羊人。亞伯把羊群裡的頭胎羔羊（firstborn），帶到祭壇作為奉獻；該隱的奉獻，則是他收成的一些農作物。耶和華（透過祭司）接受了亞伯的禮物，卻拒絕了該隱的獻禮。該隱既羞且怒，因此在曠野裡謀害了亞伯。耶和華察覺了該隱的罪行，就在他額頭上烙記（Mark of Cain），罰他終生流浪、受人唾棄。

米勒認為，這個故事透露了幾點訊息。首先，對祭司而言，羊肉不只比農產品味道鮮美，而且比較有價值；其次，以

「最先得到的收穫物（the first fruits rule）」作為祭品，可以確保（祭司的）收入。還有，祭品不夠豐盛的，會被拒絕；讓該隱流浪示眾，等於是四處宣揚祭禮的遊戲規則。

此外，亞伯拉罕（Abraham）的故事，也同樣耐人尋思。神告訴亞伯拉罕：「帶著你摯愛的兒子以撒（Issac）到摩利亞（Moriah）高地的祭壇，把他焚烤作為祭禮。」虔誠的亞伯拉罕帶著兒子，跋涉三天之後到達祭壇；當他把以撒綁在一堆木柴上，正準備下手時，耶和華的使者出現。

使者要亞伯拉罕放開自己的兒子，改以一頭公羊作為祭品；然後，使者向他開示耶和華的旨意：「為了侍奉我，你願意犧牲最鍾愛的兒子；因此，我將降福到你身上。你的子孫，將如天上的星辰和海灘上的沙一般的繁茂；你的子孫將所向無敵——因為你遵從我的指示！」在常人眼裡，把親生兒子獻為祭品，當然不可思議。但是，抽象的來看，這個故事隱含了一些對祭司有利的遊戲規則。

如果自己最憐愛的孩子都可以奉獻給神，獻出其他的牛馬牲畜、金錢財物，當然更順理成章。還有，在三天的旅程裡，亞伯拉罕不但要耗費時間、人力物力，也一定經過心理上的煎熬試煉，而終能堅持到底；因此，侍奉神，自然要有所付出。而且，亞伯拉罕要長途跋涉，到指定的祭壇才能獻上祭禮。因為，如果亞伯拉罕就地行禮如儀，固然不能測試他的決心；更重要的，是祭司將分享不到祭禮。另外，三天的旅途，也許反映了市場區隔的基本原則；在三天行程所能到達的地方，只有一個祭壇。如果同時有好幾個祭壇，祭司們彼此競爭、很可能

同蒙其害。

在論文裡，米勒多次強調：以廠商的角度來認知祭司，再由廠商自利的角度解讀有關祈福奉獻的作法，確實可以有效的闡釋《聖經》的某些內容。不過，這當然只是「一種」而不是「唯一」的闡釋。米勒的論文，解釋了祭司的自利心，也提供了了解《聖經》新的視野；不過，更根本的問題是，到底有沒有「神」呢？

對於這個問題，米勒沒有處理——也許是基於自利心，不要太得罪人？……

5-3　敬鬼神——之三

到底有沒有神呢，不論是耶穌、釋迦牟尼、阿拉、或其他的神祇？

對於這個問題，也許可以先找到一個參考點。在討論美國最高法院的權威地位時，知名學者蒲士納法官（Judge R. Posner）曾經表示：「最高法院所以至高無上，不是因為它的判決都是對的，而是因為它的判決是終極（final）！」那麼，神祇們的存在，是因為祂們確實存在，還是因為人們相信祂們存在？

根據目前的科學研究，答案是：祂們確實存在，因為人們相信祂們存在！——這種說法似乎不合邏輯，但其實卻是最合乎實情、最精確的描述。當然，這種說法的來龍去脈，值得交代清楚：

　　李嗣涔教授，是傑出的電機博士，目前在台灣大學任教；
1988年起，他因緣際會，開始以科學的方法，研究傳統文化裡
的氣功。他以科學儀器檢測「氣」，發現一個人道行的深淺，確
實會在數據上顯現出來。有些自立門派、徒眾數萬的道場，信
徒的數據卻和常人無異；這是科學揭發虛偽造假、講究「拿證
據來」的又一佳話。

　　因為研究氣功，他開始接觸各式各樣的特異功能。對於接
受正統嚴謹科學訓練的電機學者而言，剛開始時他也充滿了排
斥和狐疑。可是，慢慢的，他發現隔空打人、氣如幽蘭等等現
象，並不是武俠小說裡的情節，而是真有其事。因此，1992年
起，他開始和北京的中國地質大學人體科學研究所合作，由此
也親眼目睹許多不可思議的奇事。

　　大陸的孫儲琳女士，是非常特別的一位特異功能人士。她
可以把硬幣放在手裡，然後以意念在硬幣上打出一個小洞。
（有一次聚會時，李教授小心翼翼的從口袋裡拿出這個硬幣，讓
大家傳閱，我也有幸一見。）更令人駭異的，是已經死亡——
被煮熟或炸熟——的花生，在她的呵護勸說下，可以返生發芽。
似乎，人的意念如果夠強，就可以扭轉大自然的秩序和法則。

　　李嗣涔的研究，當然引起其他自然科學學者的側目、譏
諷、嘲弄、侮蔑。因此，1999年8月26日下午，十餘位物理和心
理學者群賢畢至，到他的研究室向他請益（「請益」是婉轉的說
法，直接的說法是「踢館」）。而就在那天下午，這一群人卻在
無意中掀起了人類社會最深沉、最神祕帷幕的一角……

　　當時，他已經做過幾百次關於「手指識字」的實驗，累積

了許多資料；也把實驗結果寫成論文，發表在國際性的學術期刊。手指識字，就是某些小朋友們，似乎保有與生俱來、還沒有被蒙蔽退化的特殊能力。他們可以用手指在漆黑的袋子裡，「看」到摺起來紙條上的字；而且屢試不爽，毫無僥倖運氣可言。

當天，這些學者們，就是希望檢驗和戳破「手指識字」這種怪力亂神的邪說。口說無憑，眼見為信。小朋友們一再正確的「摸」出紙條裡的字，也就摧毀了學者們原先深信不移的物理世界。

然後，奇事發生了。在場的一位物理學家，有意無意的在紙條上寫了個「佛」字，然後摺起來交給小朋友們。沒想到，不知情的小朋友們不再辨認出這個字，而是在他們大腦的「屏幕」上看到影像：

「有個人的影像在屏幕上，很亮。」

「看到有個光頭的人，手上拿著一串珠子。」

「遠遠的有一間寺廟，門口站著一個人，閃一下，閃一下，閃出一間寺廟。」

而後，又交給他們仔細用兩層粉紅色的紙包好，裡面有一張寫著「菩薩」的紙條。小朋友在屏幕上看到影像是：

「粉紅色的花……」

「有人站在蓮花上，亮的。」

「有點像女生，穿白衣，像我最喜歡的那尊觀音菩薩。」

「消失了，只有亮光。」

這幾位有特殊能力的小朋友，清清楚楚的用心靈之眼看到

了佛和菩薩；神祇們不但存在，而且還在祂們的世界裡觀照著芸芸眾生。

對於這種無意間所揭露的神奇，李嗣涔的解釋是：在人類所處的四度空間（長寬高和時間）之外，似乎還存在著一個「信息場」。探究這個信息場的物理和人文性質，顯然是對自然科學和社會科學極大的挑戰。李嗣涔的探索之旅才剛開始，沒有人知道最後的結果是什麼。不過，以人類有限的經驗和智慧來揣測，也許神祇們本身的創世紀有如是的輪廓：

耶穌和釋迦牟尼等神祇，原來都是人，但是本身都具有特異功能；因此，祂們可以讓盲人重見光明，可以讓瘸子站起來行走。這些神蹟使他們徒眾愈來愈多（太平天國的洪秀全是另一個例子），徒眾們的信心也使祂們的能力愈來愈強。良性循環的結果，是這幾位極其特殊的人，晉身為另外一個層次的神。

當祂們過世之後，因為後世信徒持續膜拜，信徒們所投射託附的「能量」，就支持了神祇們在另外一個世界裡繼續發光發熱。一旦沒有信徒的支持（譬如，彗星撞地球、人類滅絕），經過一段時間之後，神祇們也可能逐漸消逝。因此，當各個宗教都還香火鼎盛時，神祇們確實存在，而這也是因為人們相信他們存在！

李嗣涔是一位扎實無比的科學家，據他說，他家裡有各個教派的好幾尊神祇，而他都虔誠敬謹以對……

5-4 宋七力小小傳

在文字書寫都困難的歲月裡，只有王公將相才有傳；在網路的時代，人人都可以有個人網站、有個人自傳。不過，《史記‧淳于髡傳》，長不過數百字，卻傳誦百代；現在個人網站上的資料，將來不知道何去何從。

無論如何，我認為宋七力應該有傳，短則兩三百頁，長則七八百頁。應該有人為宋七力立傳，原因很簡單；由幾項事實，可以看出他的分量。宋七力聲勢最盛時，有徒眾數千人；弟子依資歷深淺、捐輸多少，分成四級。本尊出入有勞斯萊斯（Rolls-Royce）轎車，名下有好幾棟華宅，其中一棟位在李登輝大溪別墅附近。

當然，宋七力最為人津津樂道的，是他的「本尊」和「分身」。他人在台灣，但是分身卻在北京、或加拿大、或其他地方顯現。雖然本尊和分身到底有什麼具體意義，並不清楚——能不能增加銀行裡的存款、能不能讓天下太平——可是，達官貴人、學者名流，都趨之若鶩。

信者恒信

徒眾們信誓旦旦，宋七力確實有超能力；他那些發光的照片，可以為證。有一張的背景是長城，前面是若隱若現、穿西裝打領帶的分身。另外一張，是由本尊眉尖放出一束耀眼的光芒，充塞寰宇。雖然在警方接受偵訊時，宋七力承認，那些照

片都是造假;可是,還是有許多徒眾深信不移,真是信者恆信。

在某種意義上,宋七力其實大有貢獻。在複雜多變的社會裡,他撫慰了眾多信徒的心靈。(宋七力能指引迷津,熊十力更能指引迷津;十力比七力多三力,更具威力。為什麼有人向宋七力膜拜,卻沒有人向我熊十力請益?這是一個笑話,我和很多人說過;可是,似乎大家都不覺得好笑!)不同的大師和上人,以他們各自的魅力、道行、學說,吸引不同的追隨者。所以,孔子不語怪力亂神,有徒眾數百人;宋七力以本尊分身示眾,有上千人頂禮膜拜。不同的供給,滿足不同的需求。

當然,如果只是「願者上鉤、信者恆信」,即使再奢靡浮華的供養,都不為過。可是,問題的關鍵之一,是他的神跡有造假詐欺的成分。照片是合成照片,利用底片重複曝光的小技巧,人工造成異象。

不過,即使照片確實是合成,有兩點值得斟酌。一方面,照片合成造假,並不表示宋七力沒有本尊分身的能力。也許在他年輕時、功力最強時,在某些剎那,確實有分身的能力——對於大自然和人體,「科學」目前所能掌握的只是一部分而已。可惜,當時沒有圖片為證(蘋果掉到牛頓頭上時,也沒有攝影師站在旁邊)。因此,假照片和假能力是兩回事。

利益衝突

另一方面,如果宋七力已經仙逝,那麼情形大不相同。過

世的人、狗、或沒有生命的山林土石，都有人供奉；可是，因
為沒有生命，一般人比較容易判斷取捨。相反的，因為利之所
在，活生生的人容易造假作偽，這是典型的利益衝突（conflict
of interest）。事實上，這是常受人忽略、但是極其重要的關鍵。
對於過世的神或人，社會採取較寬容的尺度。無論是耶穌、釋
迦牟尼、阿拉，以及媽祖、觀世音、關聖帝君、諸葛孔明等
等，都有口耳相傳的神跡。但是，這些神跡，無從檢驗，因為
當事人都已經辭世；不過，就是因為他們已經不在人間，所以
事跡是真是假，無關緊要。信者恆信，干卿底事，確實如此。

然而，在世的活佛和上人們，卻要接受另外一種尺度的檢
驗。如果他們宣稱有特殊的智慧能力，可以指引迷津、化難得
福；那麼，他們比較像是推銷商品的商人，是在夜市裡叫賣印
度神油、或在百貨公司專櫃前推銷化妝品，而不太像是坐在神
龕或被釘在十字架上的神祇。沒有人會向觀世音或耶穌討回公
道，但是卻有人會向小販或專櫃小姐要求退貨還錢。

消費權益

因此，某些信徒指控宋七力詐欺，就像有人向消費者保護
協會投訴一樣。他們對交易結果不滿意，要求一分錢一分貨，
否則取消交易。宋七力所提供給信徒的，有一部分是宗教的性
質，但是另一部分卻是不折不扣的商品。法院可以以政教分離
（separation of Church and State）的理由，規避屬於宗教的部分。
但是，對於「商品」的部分，當然不可以用「信者恆信」為託

辭，拒絕處理。屬於宗教的部分，只要信徒歡喜做、甘願受，法院可以不管。就像許多追星族，花費大把白花花的銀子，到處哄著捧著他們的偶像；這是消費者主權，是社會心理學家關心的題材，但是和法院無關。可是，對於屬於「商品」的部分，卻不得不以世俗的尺度和方式來處理。

即使宋七力曾經真有分身，即使當時真有信徒親眼目睹；但是，彼一時也，此一時也。用合成照片吸引徒眾，就像用人造皮假冒真正的皮革一樣；如果假珍珠、假鑽石、假古董、假字畫不能以假作真，那麼宋七力們也不得以合成照片魚目混珠。而且，也就像檢驗假珍珠、假鑽石、假古董、假字畫一樣，法院所能依恃的，就是一般人所接受的方式。辨認字畫古董可能會犯錯，但是這不表示信者恆信、毋需辨認。

因為宋七力知名度高，所以官司眾所矚目。這是珍貴的機會，法院可以處理細緻的宗教詐欺問題；立下好的判例，並且發揮社會教育的功能。可惜，法院卻白白的放棄了機會，而以信者恆信的託辭，選擇了最簡單、但是毫無說服力的處置方式。

如果宋七力的信徒為他立傳，想必會收錄一些他顯現神蹟的照片。其中的一張，會不會顯示出法院裡高高在上、判他無罪的那位法官，就是他的分身……？

5-5　琢磨

宗教，牽涉的層面非常的廣；有不少人認為，宗教和科學，是不能相容的兩回事。不過，無論是基督教、佛教或其他宗教裡，都有長老牧師等神職人員布道或傳教。無論義理的內容如何，顯然都還是訴諸人的理智；希望教徒信眾們，能服膺這種義理。可見得，即使是宗教裡，都還是有思辨論對的空間。經濟學是社會科學的一環，對於宗教希望能「以理解之」，直到碰上鐵板為止。那麼，能理解的空間有多少呢？這個空間的大小，又是由什麼來決定呢？

簡單的一個例子：在各個社會裡，都有大小不同的上人活佛；那麼，這些精神領袖的影響力，是由哪些因素所決定的？社會科學能不能有一得之愚呢？

6

真正的「新中間路線」

6-1 真正的「新中間路線」

好價值的出現,是有條件的!

早上看報紙時,在兩份主要日報之一的第二版,讀到一篇〈從沉淪中提昇〉的文章。作者是知名的歷史學者,而文章的開頭格外沉重:「台灣社會十年亂象,至去年到達極點。媒體報導的社會新聞及選戰暴露的政客嘴臉,在在令人痛心疾首。」經過幾段細數陳疴和新患之後,作者提出深刻的呼籲:「我們不必等候那些已經敗壞的頭臉人物改過遷善。我們仍有機會從自己開始,從自己身邊開始。」

這位歷史學者悲天憫人的情懷,在字裡行間表露無遺。不過,關於台灣社會近年來急遽的變化、價值體系的瓦解,已經有不計其數的論述。希望能指引迷津的建議,也所在多有。可是,每次看到類似的文稿,心裡總覺得有點遺憾。由社會科學研究者、一個旁觀者的角度,雖然看到的同樣的現象;然而,在解讀和興革建議上,卻有相當的差距。

讓我由稍遠的地方開始說起:我們都希望社會安和樂利、人際相處有禮有節、政府官員一心從公。這些都是「好的價值」,可是好的價值在哪些條件之下才會出現呢?

由最簡單的、兩個人之間的情形開始考慮:如果我希望和內人關係融洽,那麼要雕塑這個小價值並不困難。我把所有的薪水和外快都交給她,每天勤奮的幫她做家事,再三不五時的讚嘆:「別的女生都愈變愈老,而妳在望五之際,竟然愈來愈年輕漂亮!」有這些條件的支持,兩個人感情好幾乎是必然。

一旦範圍稍稍擴大，想想十個人或八個人相處的大家庭；在這個稍大的環境裡，要形塑出「水乳交融」的好價值，容易嗎？範圍再大一些，在一個兩三百戶的社區裡，要凝結出「敦親睦鄰、互通有無」的好價值，容易嗎？

如果在大家庭和社區裡，要支持好的價值都不容易；那麼，當範圍擴大到三五十萬人的城鎮、幾百萬人的都會、上千萬人的社會時，要在這些層次上維持好的價值，困難可想而知。因此，在新興社會裡，都市化加上民主化、再加上蓬勃發展的媒體，傳統價值體系的鬆動、瓦解、乃至於沉淪，並不令人意外。對社會科學研究者的挑戰，是在這種變動之際，能平實而深入的指引一個有意義的方向。

要扭轉價值體系的崩毀，在方向上顯然有三個訴求的可能。層次最高的，是類似「風俗之厚薄，繫乎一二人心之所向」的呼籲。這和傳統文化裡期待聖君哲王出現，相去不遠。可惜，在許多新興社會裡，促使價值體系解體的，正是統御群倫的人物。所以，此路不通。

另外一種訴求方向，是層次最低的「由自己做起」。這是歷史學者的呼籲，也是許許多多感時傷景文字的結論。可是，在價值體系鬆垮時，最無助的其實就是社會大眾——在新興社會裡，有各式各樣、撫慰人心的上人、先知、大師等等，原因就在這裡。因此，他們已經茫然無依，如何以自己為指標？要由下而上的由自己做起，想來理直氣壯，實際上此路一樣不通。

事實證明，高層次和低層次訴求，都是死胡同；剩下的，當然是邏輯上的第三種可能——中間路線。在引領風騷的人物和

一般社會大眾之間,有另外一種社會結構,本身也維繫著各自的價值體系——我指的是各個專業領域。

醫生,是一個專業領域;建築師是,老師也是;電腦程式師是,泥水匠也是。這些專業領域,規模或大或小、技術或高或低,都會逐漸形成本身的價值體系;在各自的領域裡,決定好壞、高下、美醜等等價值。在各個專業領域裡,誠實、守信、彼此尊重等,都是有意義而且重要的價值。一般而言,規模大的專業領域,比較容易維持明確穩定的價值體系。因此,三個旗袍師傅,可能各說各話;但是,一千位程式設計師,大概就容易雕塑出業內的「公評」。同樣的,和國際接軌的專業領域,比較容易避免蔽帚自珍、自矜自是的扭曲價值。

由專業領域界定維繫的價值體系,有兩種功能。往下,可以成為一般民眾認同寄託的對象,因為在現代社會裡,每一個人都直接間接屬於某一個專業;往上,各個專業領域可以藉著合縱連橫,形成以專業價值為骨幹的價值體系,而後和其他的價值體系競爭、制衡。

抽象的來看,專業的價值體系,是正常(經濟)活動的副產品。既毋需期待心靈改革,也毋需向一盤散沙喊話;因為是自然形成,反而容易仰仗依恃。因此,真正的新中間路線,是讓經濟活動有更大的空間。當市場規模變大之後,就更容易雕塑出穩定持久的專業價值;再加上一點時間和運氣,也許才能真正的「從沉淪中提昇」!

好價值的出現,是有條件的。

6-2 最高指導原則

學法律的人都知道，法學思維的最高指導原則是「公平正義」；學經濟的人也都知道，經濟思維的最高指導原則是「效率」。

無論內容如何，依恃最高指導原則有兩種好處：一方面，一旦歸納出某個領域的精髓，可以提綱挈領、一以貫之；另一方面，藉著彰顯取捨的依據，可以降低行為成本、迅速反應。因此，「顧客永遠是對的」、「依法行政」等等口號，都有其脈絡可循。那麼，在新世紀伊始的2002年，對於台灣的發展而言，有沒有類似的最高指導原則可以仰仗呢？

台灣的情況，就內部而言，最重要的有幾點考慮：由1987年解嚴開始，才剛剛踏上民主化的艱辛歷程；在2000年，完成第一次政黨輪替，行政和立法部門還在摸索如何互動；經歷三十四年經濟快速成長之後，去年起正式面臨經濟衰退的考驗。相對的，就外在的情勢而言，台灣的處境也有幾點特徵：經濟規模上，已經超越大多數的國家地區，在世界經濟體系裡享有一席之地；政治外交上，和中國大陸還是處於扞格對立的情況，也沒有解凍的跡象。

在這種內在外在的背景之下，台灣值得採納的最高指導原則，也許有下面三項。首先，是自由化！自由化，是指在經濟活動上，要尊重市場機能，並且在法規上配合鬆綁。兩個例子，可以反映和自由化背道而馳、開自由化倒車的作法。

前一段時間，對於一些經營不善的農會和合作社等金融機

構，財政部先派人員進駐，而後協調由其他大型金融企業（多半有官股）出資接手。除了適法性的爭議之外，這種舉動完全違反市場機能，而且引發反誘因——其他的金融單位可以繼續捅樓子，反正最後財政部會來收拾爛攤子！還有，由政府操盤的「國家安定基金」，更是直接介入和干預股市；追根究柢，這等於是以納稅義務人的血汗錢，為政權背書。而且，財政部長每天盯著股市看盤，喜怒見諸於色；這不只是現代民主國家的趣譚，而且是令人哭笑不得的笑話！

最高指導原則的第二項，是國際化。台灣的經濟奇蹟，主要靠對外貿易；過去如此，在可以預見的未來，也是如此。要轉變為自給自足的經濟體系，短期之內民眾的生活水準必須大幅降低；在觀念和實際上，顯然都不可行。因此，儘快和國際接軌，可以提昇和確保台灣的生機。

國際化的另外一層意義，是相對於「本土化」。近年來，本土化成為台灣新的「政治正確」（politically correct）；雖然滿足了一部分人的情懷，但是主要是成為政治人物的工具。本土化的好壞如何，自然要看強調這種價值的機會成本。以語言為例，把閩南話變成必修課程，是開了一扇小窗子；窗裡是台灣兩千多萬人，窗外是大陸沿海幾千萬的閩南人。相形之下，從小把英語當作必修課，開的又是多麼不同的一扇窗。窗外有幾十億的人口，有累積幾千年的文學藝術等資產。每一個人不妨自問，希望自己開的是哪一扇窗，希望為自己下一代開的又是哪一扇窗？因此，實現本土化，雖然容易，但是短多長空；追求國際化，相對困難，但是短空長多！

　　最高指導原則的第三項，是歷史觀。前面的兩點，自由化主要是對內，國際化主要是對外；而歷史觀，則主要是指台灣和中國大陸的關係。兩個現象，有助於襯托台灣和中國大陸的關係。首先，過去大陸採取閉關自守，加上政治動亂，所以經濟上相對落後。當時，一般大陸民眾非常在乎，奧運到底得了幾面金牌。最近幾年，經濟活動蓬勃發展；從經濟活動中，民眾可以得到實質的好處。奧運金牌（和金牌得主）的重要性大幅降低，因為金牌沒有實質內涵。

　　其次，2002年起，歐元正式上路；這表示歐盟的會員國們，能放下千百年來各自悠久光榮的傳統，以經濟的理性勝過意識形態上的包袱。如果共同貨幣有益於民眾的肚皮和荷包，為什麼要堅持用法郎、馬克、里拉？以小見大，可見其餘。因此，由歷史的脈流來看，台灣和中國大陸運用共同的語言和文字；在文化上來自相同的傳承，也是華人社會裡最重要的兩個區域。長遠來說，台灣和中國大陸之間當然最好發展出一加一大於二的關係。

　　在自由化、國際化、和歷史觀這三個原則之間，並沒有明顯的輕重大小。不過，在時間先後上，經濟自由化是當務之急；心態作法上的國際化，是中期的軌跡；而由歷史的角度處理兩岸問題，當然是長期的方向。這三個最高指導原則，可以作為處理公共政策的指標；當然，也值得企業界參考，作為未來發展的依據。還有，對一般民眾而言，也是自處和教育下一代的藍圖。

　　有最高指導原則，等於是有了中心思想；可以釐清方向，

也可以降低思維和行為的成本。對台灣社會來說，在可以預見的未來，最高指導原則是——自由化、國際化、歷史觀！

6-3　什麼是專業倫理？

幾個星期前，我接到一封邀請函，發函的是台大醫學院精神病科的一位教授。他正在籌組一個論壇，希望能邀請各領域的學者，以科際整合的方式，為台灣社會找出未來的走向。

我很欽佩他的用心，但是覺得自顧不暇，因此回函婉謝；不過，我把一篇前不久發表的文章〈真正的『新中間路線』〉寄給他，請他參考。我在文章裡提到，近年來台灣社會的價值體系瓦解，令人憂心。但是，興革之道，不是向統御群倫的人士呼籲；因為，造成價值體系崩解的，往往就是他們。另外，希望一般民眾覺醒、由自己做起，也不可行；因為，在價值混淆的時代，最徬徨無依的，其實就是他們。

允執厥中

因此，既然「由上而下」和「由下而上」都不可行；在邏輯上，只有第三種可能——中間路線。我指的，是強化各個專業領域的「專業倫理」。因為，專業倫理本身，隱含一套評斷是非對錯的價值體系。往上，可以和行政立法等其他價值體系抗衡；往下，可以成為一般民眾參考依附的指標。

　　幾天之後，這位精神科的教授回了一封信；他完全贊成我的論點，但是也表示有點困惑：怎麼樣才能雕塑所謂「專業倫理」？確實，專業倫理（professional ethics）或專業精神（professionalism）的名詞，經常在報章雜誌上出現；可是，這些名詞本身，到底有哪些內涵呢？

　　我發現這是個有趣的問題，想了一陣之後，也略有所得……

　　從年初起，我固定的為一個專欄寫稿，名為「思維經濟」；目的是以溝通觀念為主，我也希望看的人愈多愈好。有一天，我突發奇想，為什麼不試著讓專欄以其他的語言和形式出現呢？主意既定，我就分別寫信，給在台北發行的三份英文日報、還有在香港發行的《亞洲華爾街日報》；我說明這個專欄的旨意，也期望文稿能以英文同步出現，接觸更多的讀者。我同時也寫信給一家廣播公司的負責人，表示雖然我的文章文采有限，但適合朗讀。所以，如果能在晨間時間播出，由聲音美妙的播音員讀過後，再由主持人或他人評論闡釋一番；對於上班族和學生，或許稍有吸引力。

　　給三份英文日報的信，都是寄給社長或發行人；結果，其中兩份報紙，完全沒有下聞。第三份報紙的發行人，是過去認識的長輩；他沒有回信，但是編輯部的一位同仁，很快的和我聯繫。我表示，希望中文稿和英文稿能同時或先後刊出；他認為有困難，但是卻願意試試看。在我附上的幾篇「樣本」裡，他說會立刻翻譯其中一篇；譯文會先寄給我看，而且會付稿費。

幾天後，我收到一篇節譯的英文稿，我也以電子郵件提了幾點意見；但是，譯者回函表示，已經發稿，無從修改。稿費的事，後來不了了之，我也沒興趣問！

何必曰利？

給廣播公司的信，回音稍有曲折；大概是收信的負責人交辦，某一個晨間節目主持人的助理，打電話給我；她表示，主持人很喜歡我的文章，也希望有合作的機會。目前週一到週四都有其他學者專家上場，能不能在每個星期五的早上八點左右，和我電話連線；由我來談一談，下次將刊登文章的內容。

我不願意有這種定時連線束縛，因此建議由他們找人念我的文章，再訪談其他學者專家；我順便問了一句：如果電台使用我的文稿，付費的標準如何？她似乎有些意外，率直的回了一句：「為什麼要付錢？」我反而有點錯愕，就告訴他：其他的學者專家，也許希望有露臉的機會；因此願意免費上節目，雙方互惠。我的情形並非如此，如果要用我的文稿，難道不該有所表示嗎？她支吾了幾句，然後結束了對話；合作的事，也就胎死腹中。

給《亞洲華爾街日報》的信，寄給執行編輯；由名字來判斷，他大概是一位印度人。幾天之後，就接到他的回函；信很短，但是內容明確。他先謝謝我的建議，然後說明：在評論版，目前並沒有闢專欄給外稿；任何外稿，都必須以個別、逐篇的方式投稿，再由報社來篩選採用。他也在信裡列出，評論

版負責同仁的姓名和聯絡方式。

禮失求諸野

對於同樣一件事的處理，華人和老外的處理方式，截然不同；兩相對照，似乎有點長他人志氣，滅自己威風。不過，這確是我的親身經驗，一點都不誇張。當然，比較重要的，是由這種對比裡，透露出什麼訊息？

其實，專業倫理，就是「做事有章法規矩」；更白話的說法，就是「做事有做事的樣子」。譬如，過去中藥鋪雜貨店是家庭式經營，客廳飯廳和店面合在一起；私人的生活起居和工作上的應對進退，合而為一。但是，隨著社會的進步，不僅個人和工作逐漸有所區隔；而且，工作上的動靜舉措都愈來愈精緻，也愈來愈有板有眼。互動的雙方，都期望對方以適當的方式來因應。因此，雖然不容易為專業倫理作明確的界定，可是只要一作對照比較，高下立判。當然，要培養出令人稱道的「專業倫理」，並不是一蹴可幾。

孔子談到「禮」時，曾說，「必也射乎」。其實，在一個文明的社會裡，不只是騎馬射箭有禮有節；生活和工作上的每一個環節，都該有某種章法規矩才是，不是嗎？……

6-4　用人唯才、要分黨派

　　台灣是一個新興的民主社會，因此少不了有一些違反民主精神的奇譚怪論。譬如，當有人批評「法令多如牛毛」時，主其事者會說「多毛的牛才是好牛」；又譬如，李登輝曾說：「要在生前交出政權。」好像政權不是由選票、而是由他個人意旨所決定！

　　對任何一個民主剛起步的社會，有類似脫軌的言行思維，可以說不足為奇。不過，因為台灣的特殊地位，台灣發展民主的經驗，對華人社會乃至於對整個人類而言，都有著重要的意義。

　　在華人社會裡，香港和新加坡都有精緻獨特的文化；但是，因為人口和面積上的限制，這兩個地區的民主經驗，不容易延伸擴展。相形之下，台灣的人口和面積，相當於一個中型的國家；台灣在發展民主上的曲折，對於中國大陸就有相當的參考價值。

　　對國際社會而言，中國大陸只要維持政治穩定，很快的將成為地球上規模最大的市場；在政治和經濟上的重要性，不言而喻。基於相同的語言文字、文化傳承，台灣和中國大陸在發展經驗和未來走向上，有太多可以互通有無、互蒙其利的可能性。因此，透過對大陸的影響，台灣經驗其實會間接的影響到人類的前途。

　　台灣和中國大陸目前（2003年）的情況，是因為歷史的偶然；不過，目前的狀態，也隱含著許多正面的契機。具體來

說，身處台灣的政治觀察家、特別是社會科學研究者，有無可推卸的責任。對於台灣在民主法治上的每一腳步，都值得作仔細的檢驗和自省。我們的功能，並不是在於以人為神的指引方向；而是以旁觀者的立場，不斷的提出省思。一方面闡明各種現象的深層意義，一方面檢驗發展軌跡在歷史脈流中的定位；希望能縮短民主孕育成熟的歷程，也希望能減少有形無形資源的耗費。

無可諱言，要闡明和檢驗台灣的民主發展，不得不參考西方成熟的民主社會；以他們千百年歷史所凝結出的核心價值為依恃，作為評估臧否的尺度。相對的，台灣承繼華人文化，而傳統的政治文化，無疑的就是專制獨裁，以行政權定於一尊。當主政者是聖君時，天下太平、選賢與能；當君王無道時，民生塗炭、綱紀蕩然。因此，台灣民主的發展途徑，就是在這兩種價值之間的移動；由本身專制文化的傳統，走向由西方雕塑出的典範——即使在典章制度上，還是有某種程度的歧異。

在這種背景之下，剛好可以檢視陳水扁執政後一個有趣的現象。在先後三次內閣改組時，陳氏自己和三任閣揆，都喊出了「用人唯才、不分黨派」的口號；可是，這個口號符合民主政治的基本精神嗎？

這個口號，出現在華人社會裡，不令人意外；專制體制下，表面上定於一尊，可是底下還是有派系較勁（歷史上多次慘烈的黨爭，是最好的例子）。試問，如果一向是用人唯才，會有黨派形成嗎，會有朋黨援引、視異己如寇讎的現象嗎？因此，當皇上或宰相拔擢人才時，自然要提出一些冠冕堂皇、四

平八穩的說辭，希望能平息眾議。

可是，在成熟的民主社會裡，不是以專制獨裁來統攝，而是政黨政治來運作。大選獲勝的領袖或政黨，依法組成內閣。基於責任政治的理念，自然是在自己的政黨裡選出人才。然後，根據執政黨的理念和政策，推展政務，向選民實現競選承諾。做得好，下次連任；做得不好，下次下台。

而且，因為主要的政黨裡人才濟濟，同一個內閣位置，總有成堆成打適合的人選。組閣輕而易舉，根本毋庸外而求也，也自然不會有借將的問題。譬如，英國的在野黨，平時就有影子內閣（shadow cabinet），和執政黨的內閣對應；在野黨的黨魁和執政黨的首相呼應，影子內閣的外交大臣和執政內閣的外交大臣對應，其餘一一對號入座。影子內閣隨時對時局或政策提出批評，一方面成為民眾的參考座標，一方面和真正的內閣互別苗頭，隨時可以接手上陣執政。

事實上，在政黨政治裡，當幾個政黨合作組成聯合內閣時，更清楚的反映了民主政治的意義；這時候，被納入內閣的、完完全全是基於黨派席次的考慮，以形成國會裡的多數。因此，「用人唯才、不分黨派」，說來似乎理直氣壯，其實是違反了民主政治的基本精神！

陳水扁和歷任閣揆會喊出「用人唯才、不分黨派」的口號，反映了傳統（獨裁）文化的思維；當然，除了這種口耳之間、不經深思、想當然爾式的引經據典之外，主要還是因為政黨成立時間短，加上是第一次執政，黨內還沒有培養出足夠的人才。這是民主發軔時期的窘境之一，無可厚非。不過，站在

旁觀者、社會科學研究者的立場，卻必須指出這個口號的問題所在。

結論很簡單：如果我們接受民主政治是責任政治的基本理念，那麼當然是「用人唯才、要分黨派」！

6-5　琢磨

在廿一世紀初，台灣社會是處於一種極其特殊的狀態。在個人生活的層次上，有相當的秩序和穩定性，而且已經慢慢接近先進國家的水準。可是，在範圍較大的層面上，卻似乎充滿了矛盾、衝突、和不確定——政治運作，就是明顯的例子。在小範圍裡的專業倫理，需要多久的時間，才能逐漸雕塑出大範圍的專業精神？這個問題的曲折，確實費人思量。

在比較具體的問題上，各個華人社會的自我定位，也還不明朗。新加坡，以中華文化為基礎，但是和國際社會接軌；新加坡的大學畢業生，可以到英語世界的任何角落裡就業發展。相形之下，香港、台灣、乃至於中國大陸的自我定位，似乎就要模糊得多。當然，值不值得有清晰的自我定位，本身就是值得玩味的問題。

施明德與經濟學

7-1 施明德與經濟學

施明德，曾經坐了二十五年的牢，是台灣最出名的政治犯，被稱為是台灣的曼德拉。

在台灣，施明德可以說是家喻戶曉、無人不知。和胡適之一樣，他性情開朗，三教九流的朋友都有。因此，過去很多人都以「我的朋友胡適之」為榮；同樣的，現在許許多多的人也可以提到「我的朋友施明德」。幾年前一位同事請吃飯，席間有施明德。認識之後，我們見面次數不多，但是似乎有點投緣；也許，這是因為我一直以「故主席」稱呼他，而他很喜歡風雨故人來裡那個「故」所隱含的雅意。

有一次，他指定要我作東；我就邀了幾位朋友，一起小聚。當晚故主席坐首位，其他朋友都隨意。落座之後，他右邊的那一位——司法官訓練所所長林輝煌博士——遞上一張名片。故主席看著名片，想了幾秒鐘，然後抬頭問他：「你是不是當年起訴我的檢察官？」。

「是，就是我！」林所長一點都不遲疑；然後兩個人相視而笑，互敬了兩三杯酒。這是當年高雄事件和軍法大審、相隔廿年之後，兩個人再碰面；兩個人都很自在，其他在座的人倒覺得有點意外。

高雄事件和軍法大審，當然是台灣歷史上重要的一頁。大審結果，施明德被判處無期徒刑；在漫長的牢房歲月裡，他看了很多書，包括討論經濟制度的論著。不過，故主席對經濟學的體會，要追溯到更早的歲月。根據資料，至少從小學三年級

起，他就深切的感受到一些很特別的思維。

當時，他班上的同學流行養小鳥；把樹上或電線桿上捉來的小鳥，養在自製的小鳥籠裡。小施明德也想養，但是不敢爬樹和電線桿，所以就用零用錢向同學買。買了一兩隻之後，他養出興趣，所以愈養愈多；最多時有四個鳥籠，十幾隻鳥。零用錢不夠，只好偷偷的從爸媽的錢包口袋裡「周轉」。次數一多，總有失手的時候；被爸媽逮住，就是一頓好打。可是，打完以後，他還是繼續周轉；被發現了，又是一頓打。他也知道自己不對，不過還是繼續；他覺得，為了養鳥拿錢而挨打是值得的。他似乎悟到一個重要的道理：「不管追求什麼，都得支付代價！」

當他14歲讀初中時，就決定將來要讀軍校，然後設法以武裝兵變的方式，推翻他眼中的獨裁政權。他當然很清楚，革命是危險無比的志業，可能要殺頭的。幾年之後，在軍法大審時，他被起訴的罪名是「叛亂」，這個罪狀是唯一死刑。其他的被告，多半表情凝重；可是，年輕的施明德，在法庭上把兩手插在牛仔褲口袋裡，神色自若。顯然，他已經思索再三，準備為他所追求的目標，承擔昂貴的代價。

出獄之後，對於關他的人和政權，他並沒有怨懟的情懷；有人問他為什麼能如此釋然，他平靜的答道：「好不容易才從監牢裡出來，何必要把自己關進另外一種『心牢』裡？」雖然故主席沒有用經濟學的術語，不過這句話完完全全反映經濟邏輯——繼續坐牢的成本太高了，何必要搬石頭砸自己的腳！事實上，他對女性的三不政策——「不主動、不拒絕、不負責」——

大概也是基於同樣的考慮：離開了有形的監牢，何必走進無形的牢房，不論是仇恨的嚙啃或是女性臂膀的溫存。

故主席對經濟學的體會，也反映在其他的智慧結晶裡。譬如，對於坐牢，他的體會是：「這只是一種失去空間、換來時間的生活狀態。」對經濟學家來說，坐牢當然不是什麼「選擇」；不過，故主席卻清楚的點出了坐牢所隱含的「交換」（trade-off），這可反映了相當的豁達和智慧！

當然，經濟思維強調選擇，也強調選擇所隱含的成本；可是，經濟學並不能指引人們該選擇什麼，也不能告訴人們值得承擔多少的成本。在這一點上，故主席倒是作了很明確的示範。1990年10月，他受邀參加美國國會的聽證會。在發言時，他表示：很多人建議他，利用這個場合提出某些意見；但是，他婉謝了這些好意。他帶來的，只是一些信念；他認為，台灣人民一定能夠掃除一切反人權、反民主、反公義的弊端，在台灣建立一個公平的社會。

最後，他是這麼結束的：「今天我雖然出席了這項聽證會，但是，身為一個台灣人，我認為自己不適合也不應該在另一個國家的國會裡，接受另一個國家國會議員的詢問或質問。我只願在其他私人的場合，答覆任何疑問。這是一項原則或立場的問題，希望能予體諒。」——這真是擲地有聲的一段話！

由故主席的言行來看，他當然有經濟學的思維；而且，那些經濟學的思維，幫助他持平的度過各種困阨和考驗。不過，故主席的體會，是由生活經驗裡得到，而不是由經濟學的書籍裡學來。

因此，經濟學也許不能為施明德添增什麼；但是，施明德的行誼，卻對經濟學（者）有許多啟示！

7-2　施明德的開場白

「如果我是高雄市長，而明年一月一日還沒有三通，我會宣布高雄獨立，成立『高雄共和國』！」

施明德講這句話時，一臉認真，但是口氣平和。我聽了倒是當場楞住，久久回不過神來。不過，說也奇怪，聽到這種想法，當時腦海裡出現的念頭，不是擔心他的想法能不能實現，而是想到李國鼎的「第六倫」！李國鼎是物理學者，但是慧眼獨具、一針見血的指出華人社會的通病：在傳統的君臣父子夫婦兄弟朋友等五倫之外，需要培養處理「群己關係」的第六倫，才能成為現代的社會。因為，在現代社會裡，人際關係不再是以五倫為限，而主要是一個人和陌生人之間的互動。

從社會科學的角度來看，我認為第六倫的觀念，是華人社會裡所產生最重要的概念之一；對於了解和分析華人社會，舉足輕重。幾個星期前，聽到施明德要在高雄成立「高雄共和國」的理念，讓我同樣有眼睛一亮、大感好奇的情懷。

在傳統的政治理論裡，界定一個國家的方式很簡單：領土、主權、人民；只要符合這三個要件，就構成一個國家。可是，這種教科書式、定義式的概念，其實內涵非常空洞。因為，更重要的問題是：國家所發揮的功能是什麼？對一般老百

姓而言，國家又是什麼？由領土主權人民的構成要件來看，完全不能回答這些問題。

相形之下，施明德「高雄共和國」的構想，就觸及了這些問題的核心：在雨天裡，一個人外出時會帶把傘；需要敲釘子時，會找槌子來。同樣的道理，為了解決治安交通國防教育等問題，人們就設計出國家和政府。因此，就觀念上來說，國家和政府就像槌子和雨傘一樣，是一種「工具」，具有功能性的內涵。而且，愈強調主權在民的社會，愈把人民當作主體、而把國家和政府看成是客體。所以，對於一個現代國民來說，國家和人民的關係，不是「皮之不存、毛將焉附」，而是「不會長毛的皮，要它做什麼」！

換句話說，國家和政府的存在，是為了要實現民眾的意旨，是為了要增進人民的福祉。如果政府不能保障和增益人民的權益，要政府做什麼？因此，如果高雄因為位處邊陲，長期受到忽視（只要比較一下台北市和高雄市的統計資料，就可以看出兩地的差別。譬如，在中小學每班人數、每人教師數、每人教育經費上，台北市的資源都遠優於高雄市），即使是政黨輪替，也沒有帶來轉機。那麼，高雄為什麼不自力救濟，走自己的路、追求自己的福祉？

事實上，「高雄獨立」的構想，還有一些更深層的意義……

首先，高雄和台灣的關係，有點像是台灣和中國大陸的關係。高雄是台灣的一部分，但是台灣的利益，並不等於高雄的利益——高雄有自己的立場和思維。同樣的，台灣是華人社會的

一部分，但是中國大陸的利益，並不等於台灣的利益──台灣有自己的立場和思維。因此，藉著重新檢驗高雄和台灣（中央政府）的關係，剛好可以思索台灣和中國大陸的關係：在哪些條件之下，可以合則兩利、共存共榮？在哪些事項上，又值得有所堅持、自己走自己的路？藉著重新雕塑高雄和台灣的關係，也剛好可以摸索出處理台灣和中國大陸關係的適當模式。而解決兩岸之間的僵局，當然是提昇華人社會整體福祉的關鍵所在。

其次，是「本土化」的問題。本土化，是台灣近年來風起雲湧、沛然莫之能禦的發展趨勢；但是，在蔚為風潮的浪濤之下，卻很少有平實深入的分析：到底本土化的成本效益是什麼？譬如，在台語和英語之間，我們希望為下一代開的是哪一扇窗，是那扇大的還是那扇小的？還有，在台灣這個小市場和包括台灣、香港、中國大陸這整個華人市場之間，我們希望自己和自己的子弟在哪一個市場裡發光發熱、呼風喚雨？

因此，對高雄來說，如果台灣的本土化帶來的是百業蕭條、一片低迷；那麼，高雄為什麼不進一步的本土化，也就是「高雄化」。為什麼不以高雄本身的利益為最高指導原則，掙脫台灣畫地自限的作法，由高雄直接和東南亞、大陸、乃至世界各地通商通航？──不會長毛的皮，要它何用？同樣的，選擇哪一種本土化，才能讓自己的荷包愈來愈大？

曾經有人形容，政治像是持續進行的一種「對話」；參與者透過陳述論辯，闡明各自的理念，並且試著把理念變成實際。施明德在高雄成立「高雄共和國」的構想，也許會在現實

政治裡受到嘲弄、訕笑、排斥、揚棄;但是,他參選高雄市長的政見,無疑的是為一場重要的對話、作了發人深省的引言。

接下來的,當然就要看高雄市民、台灣民眾、乃至於整個華人社會的成員,要如何參與這場歷史性的對話了!

7-3 施明德的智慧

施明德的大半輩子,都是為台灣人民的福祉和前途費心。不過,在目前的關卡上,也許他應該為自己的福祉和前途仔細斟酌。

在50歲之前,施明德沒有離開過台灣;之後,他曾訪問過許多國家。當別人介紹他是台灣的立法委員時,反應都很平淡;可是,當別人提到他曾經為民主理念坐了25年的牢時,無論是在哪一個國家,當地的人立刻肅然起敬,待遇也馬上有天壤之別。施明德的資歷,和韓國的金大中和南非的曼德拉平起平坐、前後輝映。

事實上,當前波蘭總統華勒沙在1980年代訪問台灣時,就主動要求和施氏碰面;華勒沙當面告訴他,曾向諾貝爾獎委員會推薦,提名施氏為和平獎得獎人。確實,施明德是台灣政界裡,極少數能登上國際舞台的人物之一。

施明德參選高雄市長,讓許多人百思不得其解。最直截了當的解釋,是他競選立法委員失利,希望轉進另一個政治舞台。不過,施氏的境界,畢竟高人一等;經過深思熟慮,他提

出「高雄經貿自治港市」的政見，希望以自治港的方式，拓展高雄對大陸和其他地區的貿易。這個政策，一方面掙脫了意識形態的包袱，一方面也可以為台灣低迷的景氣帶來活水。因此，施氏參選高雄市長，雖然突兀；但是因為有開創性的政見，所以也有某種程度的正當性。

因為國民黨在台北有馬英九參選市長，高雄自然要禮讓親民黨，以維持泛藍的聯盟關係。可是，親民黨本身沒有候選人，因此如果由國親協議，共同支持理念相近的施明德，將有很多優點。

首先，支持施氏的「經貿自治港市」，可以把選戰導向理念和政策之爭，符合台灣中產階級選民的期望。其次，由施明德對民進黨的現任市長謝長廷，是以純綠對泛綠；正好展現民進黨路線之爭，提供泛綠支持者反省和檢驗的機會。而且，國親基於理念和政策支持施氏，台灣其他地區的民眾會看在眼裡；即使輸了高雄市長，卻很可能會在2004年總統大選時回報國親兩黨。

最重要的，是國親兩黨的考量，還是以2004年的總統大選為主。國親兩黨要合作，在連宋兩人之間，顯然需要有一位分量夠又能持平的調人；放眼台灣，幾人能夠？──施明德可以。因此，國親連宋支持施明德，等於是為本身的利益營造和鋪路。一言以蔽之，國親連宋支持施明德，輸了還是贏，贏了更是贏。

可惜，施明德表明參選之後，民調的支持率一直不高；而且人算不如天算，半路跳出一個張博雅。張博雅是社會菁英，

條件和形象都很出色。但是，前一天才因為泛藍跑票，沒有當
選考試院副院長；第二天就參選高雄市長，尋求泛藍支持。在
正當性上，顯然很難說服一般的高雄市民。因此，除了宣布參
選的最初幾天之外，張氏民調的支持率果然逐漸下滑。

在野勢力黃俊英、張博雅、施明德僵持不下的局面，是典
型的三個和尚（尼姑）沒水喝。不過，在施明德和國民黨主席
連戰會面之後，情況又有微妙的轉折。

既然連戰答應透過黨籍立委、在立法院全力支持「經貿自
治港市條例」，如果施氏順水推舟，表示已經充分宣揚理念，宣
布退選，並且轉而支持黃俊英。對施明德而言，至少有幾點明
確的好處：第一，促成政黨政治的發展，完全符合施氏追求民
主的理念；成功不必在我，反映施氏一向強調「樹立典範」的
主張。第二，加速泛藍陣營的整合，拉高國民黨黃俊英的支持
度；誘發棄保效應，使張博雅知難而退，形成黃俊英和謝長廷
的對決。第三，因勢利導，使親民黨也轉而支持黃俊英；國民
黨贏了面子，親民黨贏了裡子。第四，最重要的，對施氏個人
而言，延續了政治生命，並且保持高規格的位階。因為在國親
的連宋之間，施氏剛好成為仲裁者；一方面幫親民黨檢驗黃俊
英「藍中帶綠」的疑慮，一方面幫國民黨化解北高兩市通吃所
產生的後遺症。而且，這麼一來，施明德很可能將成為2004年
總統大選時，整合泛藍的關鍵人物。

如果施氏不此之圖，堅持參選到底，後果也非常清楚：在
「經貿自治港市條例」即將成為法案之後，施氏已經失去當初參
選的主要理由；以無黨籍的身分參選大區域的選舉，也不符合

政黨政治的精神。在野陣營無法整合，謝長廷穩操勝券，施明德「助選有功」；但是，泛綠陣營不但不會感謝，而且笑在心裡。因為泛藍整合破局，必定敗選；施明德要承擔攪局鬧場的責任，平白得罪泛藍陣營裡原有的同情者。對施氏個人而言，除了選戰本身非常艱辛之外，結果是沒有功勞也沒有苦勞；以卵擊石，白白耗蝕政商人脈等可貴的資源。最重要的，是施氏在民眾心目中的地位，將大幅滑落；在台灣政治舞台上，也很難再有揮灑的空間。

施明德曾多次惋惜，李登輝曾有最好的機會，在位時成為開創歷史的英雄，卸任後成為撫慰人心的國師。可惜，因為私欲和野心的矇蔽，現在幾乎成為台灣政壇的雞肋。施明德，是台灣僅存的少數民主鬥士之一，最好能體認時勢，為自己、也為台灣寫下一頁不同的歷史！

這麼看來，施明德為自己的福祉和前途著想，其實也是為台灣的福祉和前途著想吧！

7-4　台灣之子林毅夫和施明德

林毅夫和施明德，都是不折不扣的台灣之子（Taiwan's native son）；他們都在台灣出生、成長、求學，但是他們的際遇，卻和一般人有天壤之別！

施明德在讀初中時，就決定將來要讀軍校；然後，再以武裝叛變的方式，推翻他眼中的蔣家獨裁政權。林毅夫也是軍校

畢業,可是過程不同。他是在考進台灣大學,讀完一年之後,投筆從戎;在當時反共抗俄的氣氛之下,蔣經國接見他,媒體也大幅報導。

林毅夫就讀陸軍官校時,表現突出;這是主觀條件(能考上台大的資質)和客觀條件(軍方刻意培養)配合之下,自然而然的結果。畢業後,他被派往金門,擔任最前線的連長;雖然他作風平實內斂,但是同仁長官們都很清楚,這是軍中振翅待飛的明日之星。

施明德的經歷,要艱辛得多。他軍校畢業沒多久,就因為思想偏差而被法辦;期滿出獄後,開始投身「黨外」反對運動。他當時所主張的──人民有自由結社、組成政黨的權利──現在看來,令人啞然失笑。但是,二十多年前,那可是風聲鶴唳、會令人家破人亡的妄想。果然,1979年發生高雄事件(台灣版的「天安門事件」?),施明德等以「叛亂罪」被起訴;叛亂罪,是唯一死刑。還好,軍法大審後,施明德被判無期徒刑,入獄服刑。

到現在為止,林毅夫的同僚還是不了解,為什麼他會放棄三千寵愛在一身的待遇和錦繡前程,而由金門游泳到對岸?也許,和施明德一樣,他心裡有一團熊熊熱焰,驅使他去追求另外一種星星?

因為林毅夫太過特別(他入黨的介紹人,是當時權傾一時的王昇),所以事發之後,他的長官同僚並沒有受到太多的株連。如果是其他軍官做同樣的事(不論過去或現在),情況很可能大不相同。

　　林毅夫游泳上岸後，雖然他要求大陸當局不要張揚，雖然他選擇不在軍中發展、而走上學術之路；但是，毫無疑問的，他再次成為特殊分子。（如果他留在解放軍裡，很可能會和在台灣一樣──同僚們表面上客氣，但是私下當然眼紅和怨懟！）在新的環境裡，同樣在主觀條件和客觀條件的配合下，林毅夫再一次頭角崢嶸。他得到美國著名大學的獎學金，畢業後也不負眾望的繳出一張漂亮的成績單。他行事作風依然穩健平實，而且慢慢成為中國大陸領導班子的一員，逐漸接近權力的核心。

　　施明德的青春，卻如滴水穿石般的在獄中度過。不過，外在大環境的轉變，也帶來了一線生機。然而，命運又殘忍無比的再次折磨和捉弄他：1988年，他已經前後坐了二十三年的牢；典獄長告訴他，因為特赦，只要他提出申請，就可以立刻開釋出獄。

　　在回憶錄裡，施明德提到，那是他一生裡最難過的兩個星期。他祈禱過、哭過、軟弱過，他準備放棄；但是，最後他咬著牙寫了一封信給蔣經國：自己當初爭自由爭民主的舉動，並沒有錯；為什麼他要提出申請，承認自己的過錯？冥頑不靈、死不悔改的施明德，就這樣又被關了兩年；兩年，是七百多個漫漫長日，和無數個輾轉難眠的漫漫長夜……

　　出獄後，施明德擔任過民進黨的主席和三屆立法委員。但是，他的理念，卻似乎和黨內主流漸行漸遠。終於，他繳還黨證，離開了他所共同創立的民進黨。2001年，他競選立委連任失敗；和大選獲勝開始執政的民進黨相比，這真是泥塗和霄漢

的差別。2002年，施明德宣布參選高雄市長，口號是「以純綠對泛綠」；他希望堅持一路走來反威權反專制的理念，並且把自己交由選民來檢驗。不過，有人卻批評他叛黨通敵，還焚燒他的芻像。施明德，似乎又回到獄中踽踽獨行的歲月！

　　在施明德走上參選市長的崎嶇之路時，林毅夫也試著踏上同樣顛簸的歸鄉之途。因為，這一次的轉折，不像前兩次；這一次他所面對的，是二十多年前他曾經放棄的鄉土、人情、事業、和價值體系。雖然他頭上頂著新的光環，但是這個光環卻似乎不足以抹去縈繞過去的暗影。

　　在某種意義上，林毅夫和施明德都是歷史的悲劇。因為，在一個民主自由的社會裡，稚齡的少年不會想要武裝革命；一個人也不會為了意識形態，而在鐵窗後耗去二十五年的青春。同樣的，在一個開放進步的社會裡，不會需要大學生去投筆從戎，也不需要年輕人冒著生命危險，游向一個陌生的未來。但是，從另外一個角度來看，林毅夫和施明德都是極不平凡的人。他們都有超乎常人的勇氣和膽識，願意不顧一切的追求他們所認定的目標，只不過，林毅夫是選擇在不同的軌道之間轉折變換，而施明德則是選擇留在原有的體制內衝決網羅。

　　台灣之子林毅夫和施明德，都還正是盛年；而他們未來的發展，可能和他們過去的閱歷一樣耐人尋思。不過，當他們走完人生的旅程時，恐怕不是畫下兩個句點，而是留下無數的問號和驚嘆號吧……

7-5　琢磨

這一章裡的四篇文章，都是繞著施明德。〈施明德和經濟學〉，是為我在《經濟日報》的專欄而寫；這篇文章在專欄見報時，也同時在《聯合報》的民意論壇版刊出。據了解，同一篇文章，在兩份報紙上同時刊載，這是聯合報系裡的頭一遭。第二和第三篇文章，是在施明德參選高雄市長時所寫成；他所提「高雄共和國」的理念很有啟發性，但是政治上的現實也很冷酷真實。最後一篇，是林毅夫的尊翁過世，為人子者想回台灣奔喪；可是，因為「叛逃」的舊事，他終不能如願。施明德和林毅夫這兩位台灣之子的事蹟，很觸人心弦。

在台灣社會裡，施明德一直居於一種很特別的地位。在某種意義上，他像是一位淘氣率性的彼得潘；做了許多別人心裡想做、但又不敢做的事情。彼得潘年齡大了之後行誼如何，真是令人好奇！

道德情操論

8-1 買路錢的曲折
——道德情操論之一

　　幾年前在教大學部的財政學時，我曾經在課堂上討論過一個問題：台北市某些快車道上立著告示，「行人穿越快車道，罰新台幣360元」。如果有人大搖大擺的穿越快車道，再大搖大擺的從口袋拿出360元，準備繳罰款；那麼，他是不是一個守法的公民？——因為他完全依「道路交通管理處罰條例」的規定，繳錢配合！

　　我以為問題很簡單，沒想到卻引發了很熱切的討論。後來有機會在警政署上課，又對身負執法重責的高階警官提出這個問題；接下來討論的場面，只能用火爆和激烈來形容。

　　我的觀點其實直截了當：闖越快車道的行人，只是選擇了一種「比較貴」的方式過馬路。他依法繳罰款，當然是守法的好公民；如果他拒繳罰金、再拒捕抵制執法、甚至再拿起武器來挑戰憲政程序，他才是「不守法」！當然，這種論點和一般人的想法有點距離，所以總是會有一些質疑。最常見的挑戰，是率直的反問：如果繳錢就可以闖越快車道，是不是表示有錢人就可以不受法律的束縛？

　　這種質疑說來振振有詞，而且似乎會激起一般人同仇敵愾的情懷；但是，稍稍思索，就知道這種質疑禁不起事實的考驗。

　　法律所界定的處罰，由輕到重，可以看成是一道光譜。在比較輕的這一頭，處罰主要的作用是事後的「罰」而不是事前

的「禁」。在比較重的那一頭，剛好相反；處罰的作用主要是在事前的「禁」、而不是事後的「罰」。因此，隨地吐痰，罰新台幣幾百元；駕車闖紅燈，罰上萬元。由罰款的相對大小，就可以看出「罰」和「禁」的差別。

可是，和生活裡食衣住行等其他領域一樣，錢多的人受到的束縛較小；即使是以「禁」為目標的處罰，只要處罰是金錢，也限制不了鈔票夠多的人。這是以金錢為遊戲規則的自然結果，除非改變遊戲規則（譬如，吐痰和闖紅燈都坐牢），否則罰款再高，還是有類似的趨勢。關於「買路錢」的曲折，最好從比較廣泛的角度著眼，或許才能有比較完整的掌握：

「買路錢」，當然是新生事物。過去行人穿越快車道，可能被值勤警察斥責、甚至被罰參加交通安全講習；但是，不需要繳罰款。在那種情形下，行人穿越快車道的價格為零；這反映了交通順暢的價值並不高，所以行人穿越快車道造成的困擾並不大。

當汽車愈來愈多，維持車流順暢的價值水漲船高；這時候，就值得採取較嚴格的手段，阻遏行人穿越快車道。買路錢的價格由0變成360，正襯托了交通秩序價值的上升。當行車秩序的重要性進一步增加，而360元還有所不足時，買路錢可能必須提高到720或更高！因此，由「買路錢」價格的變化，可以烘托出在都會區裡的某些路段上，保持車流順暢愈來愈重要──愈重要的價值，自然需要愈精緻凝重的工具來支持。

當然，對大多數的人而言，不穿越快車道的原因，並不是繳不起360。人們不這麼做，多半是認為穿越快車道是「錯

的」、「不該做的」。也就是，人們不是以金錢上價格的高低來取捨，而是以道德上是非的界限來自處。由此也可見，大多數人的行為，不是直接受到法律條文本身的約束，而是間接的受法律所散發出的道德光環所影響。不過，這也正意味著，當道德的光環還有所不足時，就必須藉著充填法律的內涵──買路錢由0變為360──來達到預期的目標。

由另一方面看，和一般民眾相對的，是執法人員。當交通警察看到有人想穿越快車道時，通常會吹哨制止或高聲喝阻；而且，在心理上，執法人員會自然而然的認定，這個行人的行為是錯的。如果看到這個人無動於衷、繼續穿越快車道而來、再從口袋裡掏出360元，交通警察心底很可能冒起一把無名火。因此，和民眾一樣，執法人員也是從道德是非的角度，操作法律。但是，稍稍深究一下，就可以發現：法律本身，其實並沒有賦予執法人員「道德譴責」的權力。執法人員的道德情懷，純粹是降低自己行為成本的機制而已。所以，執法人員以實現公平正義自居的道德感，雖然事出有因，而且積習已久，但是其實是於法無據！

這麼看來，執法人員的自我定位，可以逐漸褪去「作之君、作之師」的色彩，而慢慢成為球賽中的裁判。裁判，目的是維持球賽正常進行；因此，對於違規的球員，只是以對應的處分處理。裁判的立場是中立的，態度是中性的，並不對球員的作為作價值判斷、或賦予道德上的內涵！

以道德來操作法律，雖然成本較低，但本質上比較原始粗糙。當社會愈益多元、人的自主性日益提昇，也許360元「可以」

只是買路錢而已……

8-2　嘿嘿嘿，何不食肉糜？
——道德情操論之二

　　如果有人認為在很多方面，馬英九和呂秀蓮很像；相信很多人會認定，這個人要不是判斷有問題、就是弱視。可是，真的是如此嗎？

　　在馬英九和呂秀蓮兩人之間，當然有很多顯著的差異。譬如，他們兩人，一位是男生、一位是女生——至少到目前為止是如此；一位常用化妝品，一位不常用（我懷疑）；一位在市府路一號上班，一位在凱達格蘭大道底吹冷氣；一位常常穿泳褲亮相，一位到現在為止還沒這麼做過；一位有美滿的婚姻，一位選擇大姑獨處……。

　　不過，雖然有這許多差別，他們其實有很多共同點。譬如，他們大學時都讀法律，都曾到美國哈佛大學讀書，都熱衷政治活動，都想取陳水扁而代之。而且，他們都是牢友——呂秀蓮為高雄事件坐過牢，馬英九長年坐「心牢」。他一路走來、始終如一，一心想登上大位。

　　當然，他們還有另外一個共同點：他們都有一個以上的愛慕者！就呂秀蓮而言，前有董念台以禮車車隊送鮮花的壯舉，後有湯尼陳以高速公路旁看板示愛的義行。相形之下，馬英九雖然號稱是萬人迷，但是馬癡們卻似乎只是喊喊口號而已，沒

有見諸於行動。由此可見，雖然馬英九和呂秀蓮之間，有很多差異；但是，兩個人也確實有很多共同點，不是嗎？不過，以上所列舉的相異相同之處，都是茶餘飯後磨牙時的消遣而已。以下所要論證的，才是他們言行舉止裡值得令人深思的地方。

先從呂秀蓮開始。2002年2月起，台灣開始發行樂透彩券。雖然在其他國家，彩券早就司空見慣；但是，因為彩金的金額高、玩法新，所以一時風起雲湧、蔚為風潮。台灣人口不過兩千三百萬左右，可是每期彩券的銷售額，都超過這個數字。

這股熱潮，讓很多人覺得意外。彩券發行量超過人口數，國外媒體也大幅報導；這當然令人有點難為情，就像把台灣立法院打架的鏡頭，放在「體育新聞」裡播出一樣。不過，雖然樂透在台灣造成旋風，大家還是以平常心來面對。沒有想到，呂秀蓮卻正氣凜然的臧否，樂透風潮是台灣「道德的土石流」！土石流，指的是山坡地沒有做好水土保持；一旦雨勢稍大，土石成流、滾滾而下，淹沒房舍、造成家破人亡。可是，彩券是經過立法程序，依法發行；民眾依法購買，和道德有什麼關係、和土石流又有什麼關係？

試想，呂秀蓮坐擁高薪，出入有轎車司機代步，毋需買彩券就有優渥的生活；一般民眾，無論是基於任何理由，花錢買希望、又間接支持公益，有什麼不對？為什麼要接受呂秀蓮的道德譴責？追根究柢，呂秀蓮的態度，就是「何不食肉糜？」——小老百姓們安分守己不是很好嗎？為什麼要有非分之想呢？因此，「道德土石流」的說法，大有可議之處，不是嗎？

相形之下，馬英九也不遑多讓。因為色情行業引發警察風

紀問題，馬英九在震怒之際宣布，「一個月之內把色情趕出台北市」！對於惡名昭彰的日本買春客，馬英九更義正詞嚴的表示：「來一個抓一個，來兩個抓一雙！」經過一段時間浩浩蕩蕩的掃蕩，色情暫時沉寂；但是，明目張膽的色情固然消跡，高檔隱密的交易依然存在。事實上，五分鐘熱度過後，舊態復萌。和「把色情趕出住宅區」相比，「把色情趕出台北市」的口號和作法，可以說是一個不甚好笑的笑話！

更令人困惑的，是這種不切實際的口號和作法，是由馬英九而來。馬英九的目標和心願，路人皆知；以他的能力操守和資歷，他確實是穩紮穩打的向目標邁進。他不鬧緋聞、無不良嗜好、努力工作、幾乎是完人。但是，馬英九的優點，也正是他的缺點。因為他心繫大位，所以一路小心翼翼、避免有任何瑕疵；「不犯錯」，似乎變成最高指導原則。可是，這是因為他有異於常人的渴望，希望能攫取那個令人垂涎的大獎；為了這個逐星之路，他可以刻意壓抑一般人的七情六欲。蘇軾在〈賈誼論〉裡說得好：「夫君子之所取者遠，則必有所待；所就者大，則必有所忍。」

然而，一般人不是「所取者遠、所就者大」；既不想登大位，在言行上何必要謹言慎行、衣不沾塵。燈紅酒綠的生活，是任何現代大都市（除了回教世界之外）不可缺的一部分；而色情和燈紅酒綠，其實只有一線之隔。因此，馬英九以本身的潔淨無疵，去找一般人的麻煩；看起來似乎正氣凜然、令人肅然起敬。其實，本質上還是「何不食肉糜？」——小老百姓們安分守己不是很好嗎？為什麼不像我一樣每天晨泳慢跑？為什麼

一定要燈紅酒綠？和呂秀蓮「道德土石流」的說法一樣，馬英九「把色情趕出台北市」的主張，大有可議之處，不是嗎？

在很多層的意義上，馬英九和呂秀蓮都是台灣社會的菁英。他們的作為和思維，會相當程度的影響其他人。以他們的自我期許，但願他們不是「位置決定思維」，而是「思維決定位置」，不是嗎？……

8-3　法律的軌跡
——道德情操論之三

對於魯濱遜的故事，經濟學者往往津津樂道。在魯濱遜的世界裡，有生產、消費、和儲蓄的問題；當星期五出現之後，就可以處理交換、分工、和專業化的課題。因此，利用魯濱遜和星期五，重要的經濟學概念，幾乎都可以一一闡明。

其實，不只是經濟學者情有獨鍾，對法律學者來說，魯濱遜的故事也含有許多啟示：

當魯濱遜一個人過日子時，為了生存，他要捕魚打獵。在這種情形下，除了維持健康之外，養成勤勞和節儉這些好習慣，是非常重要的。對他來說，早起的鳥才有蟲子吃、凡辛勤播種必歡欣收割；而為了雕塑勤勞節儉這些特質，他會自然而然的發展出一些配套措施。

譬如，如果因為自己偷懶，該捉到的兔子沒捉到；那麼，他會有懊惱悔恨的情懷。如果因為多花了些心力預為之計，暴

風雨來時他的小屋安然無恙；那麼，他會有喜悅自許的感受。這些喜怒哀樂上的起伏，等於是支持了勤勞節儉的習性。因此，精確的說，在魯濱遜一個人的世界裡，也會有勤勞節儉克苦耐勞這些「道德」。道德，不是來自於四書五經的教誨、或聖人哲王的開示，而是來自於物競天擇、適者生存的壓力！

星期五出現之後，兩個人的世界變得多采多姿，但是也出現了一些新的問題。兩個人可以合作分工而互惠，可是如果有人賴皮摸魚呢？還有，兩個人相處，不可避免的會有摩擦爭執，怎麼辦呢？經過摸索試煉、嘗試錯誤，兩個人會漸漸雕塑出私領域和公領域的範圍，然後慢慢找出能夠和平共存的自處之道。更精確的說，一方面每個人會自我設限，尊重另外那個人的活動空間；譬如，別人睡覺時，自己動作輕些。另一方面，兩個人會共同遵守一些遊戲規則——譬如，迎面而來時，走路靠左走。

雖然這兩者不容易明確劃分，但是在輪廓上還是大致清楚：由每個人自己來操作的，是道德；由兩個人共同運作的，是規則（法律）。法律，不是來自於司法女神的指引，而是來自於人際相處時的實際需要！對經濟學者來說，星期五出現之後，經濟學的故事很快就將結束；可是，對法律學者來說，星期五出現之後，法律的故事才剛剛開始……

雖然在魯濱遜和星期五的世界裡，也有遊戲規則；可是，這套遊戲規則非常簡單，而且是由這兩個人自己來操作。魯濱遜和星期五，既是球員，又是裁判。當社會上有成千上萬個魯濱遜和星期五的時候，才會有專任的裁判——因為資源夠多，才

負擔得了專業的警察、法官、和其他的執法人員。而且,在這種社會裡,道德和法律的關係,又演變為另外一種模樣。

在一個正常的社會裡,道德和法律等於兩種工具,可以用來處理各種人際相處時踰矩的行為。不過,聰明的人(現代的魯濱遜和星期五們),已經悄悄的賦予道德和法律不同的任務。

簡單的說,對於所有的「小是小非」,法律不處理,而由道德來承擔責任。譬如,約好晚上八點在電影院門口碰面,一起看電影,結果等到九點半還不見人影。或者,在鬧區裡被高跟鞋踩到,痛得齜牙咧嘴。這些都是小是小非,由道德來處理,法律不管。法律不管的原因有兩點:首先,是顯而易見的理由;如果這些雞毛蒜皮的小是小非,都要由法律來處理,成本太高。其次,小是小非由當事人處理,效果最好。因此,由被放鴿子的人和被高跟鞋踩到的人發出道德譴責,要比由法官遞出判決來得有效。

對於「中是中非」,法律和道德都發揮作用、互通有無。譬如,欺騙別人的金錢、感情、信任、或超速撞傷行人、或以暴力加諸於親戚朋友乃至於陌生人,不但為道德所不容,同時也為法律所不許。這是因為「中是中非」所牽涉的得失比較大,所以道德的力量有時而窮,必須依賴法律的支持。相反的,有道德力量的約束,也可以減輕法律的負荷。因此,每一個人都像是兼職的警察、法官,發揮了一部分糾舉、裁決、懲罰的功能──「千夫所指,無疾而死」,其實有正面的意義!

對於「大是大非」,道德幫不上忙,只能靠法律。原因很清楚,因為大是大非牽涉的利益很可觀,道德已經無濟於事,只

能求助於法律。譬如，上市公司的財務報表，攸關鉅額的金錢和許多人的權益。這時候，道德的作用很小，而不得不依恃法律。

因此，道德和法律，可以看成是兩條上下平行的光譜，而且各有左右兩段。道德的光譜，左半段處理小是小非，右半段處理中是中非；法律的光譜，左半段處理中是中非，右半段處理大是大非。兩條光譜重疊的部分是交集，也就是處理中是中非的部份。

以是非的大小來分辨法律和道德，很有啓發性；這是哈佛大學法學院的講座教授薛維爾（S. Shavell）在就任美國法律經濟學會會長、發表演講時，所提出的見解。加上魯濱遜和星期五的故事，剛好可以完整的描述法律和道德的演變過程。

當然，在一篇演講辭裡，所能處理的問題很有限；還有很多有趣的問題，值得作進一步的思索。譬如，兩道光譜的寬度，如何演化？兩道光譜的交集，又是如何變遷？……

8-4　樂透樂透
──台灣戀曲2002

週五傍晚，我還在研究室看書時，接到一個電視台的電話；問我晚上有沒有時間，上電視談彩券。我的回答很乾脆：晚上有時間，不過要陪兒子下黑白棋，還要洗碗拖地板；所以，有時間等於沒時間！

放下電話，我覺得有點好玩；剛推出不久的樂透在台灣造成風潮，連我這個小隱於市的人，都不能身免。不過，我也好奇的問自己：如果上了電視，對彩券的現象有什麼看法呢？琢磨一陣之後，我想我會自以為是的表示幾點意見。

首先，我會說：雖然樂透在台灣是新生事物，可是在其他國家地區已經行之有年；因此，毋需敲鑼打鼓、大驚小怪、分泌太多的賀爾蒙。彩券的主要性質當然是賭，但是在作法上，確實可以藉彩券收入做公益事業。譬如，美國的名校普林斯頓（Princeton University）和羅格斯大學（Rutgers University），當初就是以發行彩券取得部分建校基金。

當然，彩券是賭博，也是一種商品，而這種商品的消費特徵，也有跡有循。根據資料，在美國買彩券的人，主要是集中在少數人身上：7.7%的人，買60%的彩券；20%的人，買80%的彩券。黑人比白人，平均每週多花美金4.5元在彩券上；市區裡的人、中年以上人口、男性、白人以外人種、低收入者、教育程度較低的人，通常買較多的彩券。因此，說「彩券是窮人們的遊戲」，大致上不錯。就像打高爾夫的人多半是有錢人、逛夜市地攤的通常不是醫生律師（因為時間有價），彩券的消費形態，也和其他商品的消費形態相去不遠。除非台灣人和其他地區的人大不相同，否則熱鬧過後，也將會呈現類似的趨勢。

其次，我會說：對社會科學家而言，樂透在台灣所引發的風潮，提供了很多研究的題材。雖然大家都知道中頭彩的機率很低（只有大約千萬分之一），可是還是前仆後繼；而且，好像只要藉著適當的方式，自己就能得到那個神奇的號碼。

在某種意義上，這不足為奇；在人類穴居的時候，沒有樂透。在演化的過程裡，人們自然沒有雕塑出適當思維能力，可以處理出現機率為千萬分之一的事件。因此，只好在後現代的二十世紀末（其他地區）和二十一世紀初（台灣），由實際經驗裡去體會彩券的意義。

到底需要多久的時間、要開過幾次獎，一般人才能摸索出「理性」？——知道明牌沒有意義，知道自己中獎機率很小很小。還有，要落空幾次，才能提煉出某種「經濟理性」？——知道在收入裡，該花多少錢買彩券。這些，顯然都是非常有趣的問題。如果有機會對排隊買彩券的長龍，持續做問卷訪談，相信會得出很多有意義的指標；一方面，有助於了解台灣人的特性；另一方面，也可以看出人在行為特質上的普遍性。

再其次，我會指出：台灣的社會科學研究者，其實沒有盡到該盡的責任。在其他地區，樂透已經發行多年，也出現了數以百計的千萬和億萬富翁。對於這些人得獎之後的生活和心理變化，也已經有許多研究。研究指出，除了中獎初期的興奮之外，樂透得主們會逐漸回到他們原有的心理狀態上。因此，雖然他們的物質條件明顯改變，而且他們也多半覺得比以前快樂；可是，最大的決定因素，還是他們原有的人格特質。原來就開朗樂觀的人，依然開朗；原來就抑鬱多疑的，得獎之後依然如此。因此，「與其羨慕天邊的彩虹，不如澆灌身邊的土壤」，的確有道理。當然，這是老生常談，不需要藉著樂透得主的行為來說教；不過，社會科學研究者也確實有責任提供這些資料，讓民眾有更多的資訊，能比較持平的來認知和面對樂

透。

最後，我會說：對於樂透，讓我們盡可能從裡面萃取一些正面的意義。既然每次的發行數量都接近2千萬張（台灣人口是2.3千萬），樂透已經不折不扣的是全民運動。每次開獎時，少不了有好幾百萬雙眼睛盯著電視螢幕，希望自己就是那位幸運兒！

那麼，為什麼不利用這個全民矚目、難得的機會，做一點公民教育呢？在每次搖出幸運號碼之前，毋需歌舞表演、毋需人物訪談；為什麼不請各個專業協會輪流，利用三分鐘的時間，講解或示範他們認為民眾最應該知道的事？譬如，律師協會的人可以解釋，遇上法律糾紛，最好的處理方式是哪三點；家電製造商的代表，可以提出購買家電時，最值得注意的是哪兩項；美髮師協會的專家，可以告訴民眾平時該如何做，才能避免蓬頭垢面。無論如何，這種「公民教育」，具體實在；一方面可以降低樂透的溫度，一方面確實能發揮「公益」的效果！

當然，有些觀眾（讀者）最關心的，可能還是數字的明牌。前面的內容，除了題目之外，全長1770字；共有185個標點符號，其中27個是句點；前後引用了36個英文字母，以及28個阿拉伯數字！

8-5 琢磨

抽象來看，道德和法律都是「遊戲規則」。差別之一，是道德由每個人自己來操作，而法律則是由司法體系來操作。由自己來操作，表示自己既是球員、又是裁判；自己獎懲自己，就是藉著榮譽感和罪惡感等情操作為手段。可見得，道德本身，也有分析討論的空間。對於道德的性質了解得愈透徹，就愈知道這種遊戲規則的長處以及侷限所在；在考慮公共政策時，也就愈能深入而平實。

在法治不上軌道的社會裡，只好多依賴道德；可是，在法治很上軌道的社會裡，道德的重要性是不是就自然而然的式微了呢？以歐美日本新加坡等國家為例，似乎不然。那麼，在成熟穩定的社會裡，道德和法律這兩者之間的比重和組合，到底是如何呢？

本黨英名

9-1　本黨英名

對於台灣的政治，我除了以社會科學研究者的身分，寫一兩篇觀察和分析之外，可以說隔得很遠。不過，偶爾因緣際會，我也曾目睹一兩幕歷史；而且，還引發出一些有趣的思維。

1999年3月底大選，宋楚瑜以二十萬票輸給陳水扁；他所領導的新台灣人服務團隊何去何從的問題，立刻浮上檯面。大選開票的第二天，宋楚瑜的許多支持者，匯集在台北濟南路的競選總部，共商大計。

我記得，當天是週日，我躲在研究室裡看書；沒想到，一位好友打電話來，要我一起過去看看。我們到時，競選總部裡人聲鼎沸，而且彌漫著一種不確定、但又蓄勢待發的情緒。二樓大廳裡，正由宋楚瑜的副手張昭雄主持，討論到底要立刻組黨、或先以政團的方式探詢民意。兩種作法，都有人支持、也都有人反對。後來，赫赫有名的立委顏清標拿起麥克風，用台語大聲地說：「要拚，就現在組成政黨；要不，大夥就散散去好了！」他慷慨激昂的這一段話，似乎發揮關鍵性的影響；現場的氣氛一下子亢奮起來，全是「組黨、組黨」的口號聲。

沒過多久，主帥宋楚瑜出場，他順勢而為，宣布要成立政黨，和大家一起打拚。方向既定，接著就開始討論黨名黨章；這時候已經是下午兩三點，朋友和我到附近吃了碗麵，我走回不遠的研究室。既然黨名未定，我就帶著一點回應「有獎徵答」的心情，湊熱鬧的想了一個後現代的黨名——本黨。稍微想想，

這個黨名至少有幾點好處：

第一，別的政黨不能批評「本黨」。用其他任何的名稱（譬如，共和黨），國民黨和民進黨都可以批評：「共和黨是爛黨」；但是，國民黨和民進黨都不能說「本黨是爛黨」！──罵人罵自己。

第二，新台灣人服務團隊的主要弱點之一，是年輕的支持者較少。以「本黨」為名，會立刻在網路上引起廣泛的討論；而且，本黨所隱含的幽默和引發的會心一笑，剛好符合年輕人的時代潮流。

第三，尚書有云：「民為邦『本』，『本』固邦寧」；新台灣人服務團隊強調對民眾的服務，就是以民為本的精神。所以，「『本』黨」這個名稱既典雅、又有深意、又順口，老少咸宜。

第四，以「本黨」為名，立刻有許多潛在的黨友；譬如，本公司、本報、本單位、本人……。

第五，以「本黨」為名，可能被譏為「笨黨」；剛好反向操作，以「笨」的精神，開發一系列古拙、樸實、稀奇古怪的文具服飾用品。創造流行，取得經費。

可惜，後來新政黨取名為「親民黨」，我也失去在台灣政黨史上留下一個注腳的機會。不過，事後再想起「本黨」這個名稱，卻引發了一些其他的思維。因為，我開始好奇，如果真的用「本黨」作為黨名，是不是符合法律的相關規定？

作為政黨的黨名，有些太過爆笑（蛋頭黨、烏龜黨），不會被採用；有些太過敏感（外省黨、台獨黨），也不會被採納。可

是，有些非常特殊、特殊到可能干擾日常用語（這個黨、執政黨），顯然不太適合成為某一政黨的黨名；那麼，「本黨」這個名稱，是不是就屬於這一類？

在《公司法》裡，對於公司名稱，有些一般性的規定；譬如，在同一行業和同一區域裡，某一種商標只能為一家公司所使用。也就是，在台北市裡，不能有兩家西餐廳都用「沾美」這個名稱，除非是連鎖店。但是，在不同的行業或區域裡，不同的公司卻可以用同樣的商標。因此，在「沾美西餐廳」的附近，可以有「沾美漫畫店」和「沾美洗衣店」等等。法律上這麼規定，顯然是為了避免在同一個區域裡，同行之間彼此混淆，對公司和顧客都不好。

在《政黨法》的草案裡，倒是沒有類似的規定；不過，對黨名有爭議時，大概會援引《公司法》裡的規定。因此，主管機關最簡單的處置方式，是以「容易和日常用語混淆」的理由，駁回以「本黨」作為黨名的申請。不過，組成政黨，是人民最基本的權利之一，主管機關值得考慮比較困難、但是更有意義的作法。也就是，與其由行政機關來裁量可否，不如讓選民來決定——經濟學者會說，讓「市場」來決定——看看民眾願不願意，接受和支持「本黨」或其他特殊的黨名。

即使有政黨干冒大不韙，以「執政黨」作為黨名；主管機關依然可以以「尊重參政權」為理由，讓政黨（也就是民眾）有最大的空間。為了區別這個「執政黨」和真正執政的政黨，報章雜誌可能以加框來標明這個『執政黨』；電視廣播提到時，可能以特殊的腔調來區別。甚至，以後改以「在朝黨」來

稱呼執政的政黨，而把「執政黨」保留給這個特立獨行的政黨。當然，大概不會有任何新的政黨，會以「執政黨」作為黨名；不過，這個事例反映出法律的深層意義。法律，是維持社會正常運作的遊戲規則；但是，闡釋和操作法律的思維和理性，才是支持法律最後的長城！

可惜，「本黨」這個名字，沒有得到新政黨的青睞；不過，台灣和其他華人社會裡，政黨政治還有很大的空間，應該還會有很多新的政黨需要黨名！……

9-2　為什麼不可以用分身？

據說武打巨星成龍拍電影時，從來不用替身；即使是最驚險的動作，也都是親自披掛上陣。可是，在影片之外的真實世界裡，如果有開幕剪綵等等的場合，是不是也一定要成龍的本尊出面；如果成龍有一個孿生兄弟，舉止動作無不維妙維肖，可不可以請他越俎代庖、混人耳目呢？

我聯想到這個問題，是因為生活裡的一個小曲折：

前一段時間，我的牽手微恙，進醫院動了一個不大不小的手術。她順利出院之後，我檢具單據，向保險公司申請醫療給付。為了存底，我留下收據正本，寄出由醫院蓋章證明的影印本。沒想到，幾天之後接到保險公司的電話，說一定要單據的正本。如果沒有正本，用影印本申請，只能得到另一種較低的給付，大概是原來的一半左右。我請教原因，對方也說不出個

道理，只說當初契約條款是如此。我找出契約一看，果然是列明要用正本；可是，當初在買保險時，一般人大概只會想到多了一層保障，有誰會注意到用正本與否的問題？我覺得，要求用正本的規定沒有道理。

中午吃完飯，又想起這件事；我查到財政部的電話，決定直接向主管保險業務的官員反映消費者的心聲。雖然是午休時間，不過總機還是接到保險司的某一分機，接電話的人聲音也很和悅。我把情況描述一次，質疑要用正本的用意。電話那一頭的人婉轉解釋：醫療保險的給付，主要是填補實際的支出；所以，既然只有一個實際支出，剛好就用原始的正本。

我當然站在自己的立場考慮，我說：用正本，給付較高；用副本，給付只有一半。可是，當初我們繳的都是「全額」的保費，有什麼理由事後要接受差別待遇。如果當初注明──用正本，給付較多，所以保費較高；用副本，給付較低，所以保費也較低──當然沒有問題；可是，實際情形並非如此。我忍不住加了一句：如果是妳，妳會覺得如何？她大概覺得我也言之成理，就建議我提出書面資料；他們會在工作會議裡，作進一步的考慮。掛上電話，想到為了伸展自己小小的正義感，還要動一番手腳，真是自找麻煩。不過，又想到三個和尚沒水喝、大家都袖手旁觀、都希望坐享其成的啟示，決定還是要稍稍堅持一下。

那位官員所提出的考慮，也有她的道理：如果副本也可以得到同樣的給付，那麼可能會有人同時向好幾家保險公司投保；然後，一份支出，好幾份理賠。這有點投保人不當得利的

味道，好像不合於保險的原始精神。不過，由另外一個角度來看，可能更有道理：在現代工商業社會裡，一個人同時有兩三張保單，是很正常的事。因為醫療保險往往是「部分給付」，住院一天只給付新台幣一千元；而實際花費可能是一天兩三千元，還有許多大大小小的額外支出。因此，同時有幾張保單，同時得到給付，可能才真正足以填補實際的支出。而且，當初保險公司在計算理賠率和設定保費時，已經考慮過保費和理賠之間的關係。如果收的保費是全額，而事後因為投保人拿不出正本，因此可以降低給付；那麼，這等於是「一流收費、二流服務」，不當得利的，反而是保險公司！

當然，如果進一步追究，保險公司主張用正本的理由，是擔心有人「詐領」；那麼，必須拿證據來，讓證據來說話。因為，如果投保人正正當當的繳了全額的保費，確確實實的符合了給付的條件，有什麼理由不該得到給付。還有，更抽象的問題，是醫療費的繳費證明，有必要分出正本和副本嗎？由醫院蓋章證明的影印本，為什麼就不是「正本」呢？房地產只有本尊，所以一定要用正本來過戶、抵押、貸款；可是，繳費是一椿「事實」，難道也有本尊和分身的差別嗎？

想清楚了這些環節，我決定把燙手山芋丟給財政部保險司；我不知道，他們會不會處理抽象的問題，還是只處理「一流收費、二流服務」的問題。不過，我倒想起了多年前看的一篇小說：先生受不了嘮叨不休的太太，決定到科技公司訂製一個和自己一模一樣的分身；他想，事成之後，自己就可以遠走高飛。沒想到，科技公司的人要他先付錢，因為她太太幾年前

已經訂做一個和她一模一樣的分身……

　　如果男主角沒有他念，會和太太的分身廝守終身；因為，分身和本尊一樣好。對大多數的超級巨星而言，都用過替身，而用替身也無損於他們的票房。顯然，在某些情況下，正本和副本、本尊和分身，兩者的差異並不重要。當然，這似乎把問題扯得遠了一點。不過，以小見大，也許我可以由此發展出一套經濟學裡「關於本尊和分身的一般理論」（A general theory of the original and the "look-alikes"）……

9-3　假米酒的故事

　　在每一個社會裡，都有燒殺擄掠、雞鳴狗盜的事件，也有欺矇詐騙、作奸犯科的問題。不過，從事件的結構和問題的性質上，往往可以看出這個社會法治的程度。

　　前一段時間，台灣出現了一連串「假米酒」的事件。米酒，原來是由菸酒公賣局生產專賣；台灣加入世界貿易組織WTO之後，必須開放菸酒的市場。因此，一些民營業者取得執照，開始生產和銷售米酒。米酒，在華人社會裡，有很特殊的地位。對於有些人來說，米酒是酒，也可以和其他飲料混合成為調酒；可是，在一般家庭裡，米酒是烹飪用的作料。兩種用途的用量，都非常可觀；民營業者紛紛投入量產，有以致之。然而，有利可圖之下，坊間開始出現假米酒。假米酒，是以工業用的酒精（甲醇）為底，魚目混珠。短短幾個星期之內，就

有二三十人因為喝了假米酒而死；酒精中毒住院的，人數更多。

剛開始看到這個消息，我覺得很訝異。米酒不過是小事一樁，怎麼會造成這麼嚴重的死傷呢？在產銷的過程裡，到底是哪裡出了問題；我覺得很困惑，在課堂上也有同學提出這個問題。我坦白表示，不清楚問題的關鍵是什麼。

由小販牌照引起聯想

不過，我也反問在座的同學，米酒應該不應該由政府來生產銷售呢？我很驚訝，在兩百位同學裡，竟然有一百二三十位舉手，認為米酒應該由政府來生產和銷售。可是，在任何一個稍具規模的超級市場裡，都有酒品的專賣區；架子上，有不下百餘種進口的各式紅白酒和烈酒。在這麼多進口的酒品裡，我還沒有發現，有哪一種酒是由哪一個政府生產的！雖然這一點非常明確——酒，不一定要由公部門來介入——可是，米酒傷人的事，我還是覺得一頭霧水。

然後，我有事和家人到香港一趟。晚上在九龍鬧區逛街，走著走著，在巷子口遇上一個小販；他推著小小的推車，賣糖炒栗子和煮玉米。我幫小孩買了一包栗子，等著找錢時，看到架子上掛了一張小小的證件。那一瞬間，我覺得大概找到了假米酒問題的關鍵！

一個在巷子口賣糖炒栗子和玉米的小販，都要在推車上掛出許可證。這表示，即使是這麼渺小、微不足道的經濟活動，

都要先取得許可，都是在法律的網絡裡進行。相形之下，至少在廿一世紀初的台灣，我知道情形並不是如此。不但夜市裡的流動攤販沒有證件，連固定的商家店鋪，都多的是沒有執照、沒有許可的黑戶。

小販的許可證是件小事，但是卻透露出很多重要的訊息⋯⋯

登記在案有脈絡可循

最明顯的，當然是反映了在香港的社會裡，法治的網絡已經無遠弗屆。雖然是小小的經濟活動，但是因為涉及其他人的健康、涉及市容、涉及交通；因此，必須要先取得許可，才可以進行。而且，以小見大，連芝麻大的小販，都需要許可證；其他各種商業活動，當然更不在話下。

當然，在司法的網絡裡活動，並不表示天下太平。觀光客在香港受騙的事，時有所聞；當地報紙上，也多的是各種糾紛衝突的新聞。不過，重點不在於每個社會都有的缺失，而是這個網絡存在的意義。有許可證，表示至少有登記、有檔案、有地址電話；因此，小販不是來去無蹤的影子，而是看得見摸得著、也找得到的一個點。無論是警察或衛生或商業的主管單位，如果需要，就可以循線找到這個小販。更重要的，是小販自己知道，自己是在法律的網絡裡活動；自己的活動，都有某種紀錄和脈絡可循。

兩相對照，台灣的情形就不是如此。用工業酒精製造米酒

的，是無照違法的地下工廠。工廠把假酒批發給某些雜貨店或
餐飲店，而這些店鋪或食堂本身也沒有執照。買假酒的人，不
覺得要向合法的來源買；賣假酒的人，毋需提供相關的證件。
既然毋需證明自己是合法的，那麼自然有意願以假作真。沒有
環環相扣的鎖鏈，出了問題都不知道從哪裡查起！因此，問題
的關鍵，就在於司法網絡伸展的範圍有多大。在網絡所不及的
空間裡，就容易出現枉法違紀的情事。假米酒的事件，就是典
型的例子。

法網與運作成本的關係

在另外一層意義上，司法網絡的大小，直接間接影響到運
作司法體系的成本。如果一個賣糖炒栗子的小販，都需要依法
行事；依此類推，其他大小事項，都有章法可循。在衣食住行
的各個領域裡，民眾可以體會到法律的存在，在舉止上也就知
道進退的空間。

相反的，如果在夜市裡可以無照營業，在其他的活動領域
裡，不也可以「類推適用」嗎？最明顯的例子，是遊行示威。
在一個法治程度較高的社會裡，遊行就是遊行；事先經過申
請，遊行時照申請路線行進。毋需太多警力維持秩序，防範意
外；萬一真有逾矩的行為，警察馬上揮舞警棍強制驅離。在一
個法治程度比較低的社會裡，聚眾遊行示威，可以是即興式的
舉動。即使事前申請，到時候變更路線，警察也莫可奈何。即
使舉牌警告，示威的人也通常視若無睹。每次遊行，必需動用

可觀的警力，而且只能消極的圍堵，憑白耗去無數的人力物力。

因此，假米酒的事件所透露出的，不只是司法網絡的寬窄大小，而且是司法網絡的性質。當網絡大時，可能反而容易操作；當網絡小時，可能就要動用更高的成本，去處理網絡內和網絡外的問題。

至於為什麼在台灣賣米酒不用執照，而在香港賣糖炒栗子也要許可證，那就是另一個故事了！……

9-4　易子而教的意外

對於經濟學，一般人不是敬而遠之，就是聞之色變；可是，在經濟學者的眼中，經濟學其實非常平實簡單。

諾貝爾獎得主寇斯（Ronald Coase）就曾經表示：「如果別人聽得進去，我們所能提供有益的建議，其實只是幾個簡單的道理而已。」還有，艾歷克斯爵士（Sir Alec Cairncross），曾經擔任英國政府首席經濟顧問；他也認為：「在了解現實社會和規畫公共政策上，經濟理論所能提供的，就是最簡單、基本、和明確的幾個概念。」

可惜，經濟學者們浸淫在知識和智慧的結晶裡，自得其樂；一般人還是望之儼然，保持距離、以策安全。不過，由另外一位經濟學者的奇譚怪論裡，也許反而能瞎子摸象式的一窺經濟學的堂奧。布坎楠（James Buchanan）也是諾貝爾獎得主，

他常常在課堂上提到：「世界上沒有所謂的意外！」（There are no accidents.）我沒有上過布氏的課，也不知道他怎麼闡釋這句話；可是，以我對經濟學的體會，我揣測這句話至少有幾層意義。

在最粗淺的層次上，如果事先準備周到，就不會有「意外」發生。譬如，事先檢查過剎車，就不會有剎車失靈而撞車的意外；意外，不至於出現。當然，在比較抽象的意義上，如果能做好相關的防範措施，即使是突發情況，都不會是意料之外，而會是意料之內。因此，對一個家庭而言，廚房著火可能是「意外」。但是，對消防隊而言，他們預期有火警，也準備好隨時因應；對他們來說，火災不是意外，而是他們的任務所在。

抱錯嬰兒招訴訟

在最深層的思維上，布坎楠顯然表達了他的自我期許：對社會科學研究者而言，必須能試著分析「所有的」社會現象，因為社會現象不會憑空出現。以「意外」來解釋某種現象，既輕視了人的自主性和智慧，也放棄了社會科學研究者神聖莊嚴的責任！不過，布坎楠「天下沒有意外」的立論，畢竟是象牙塔裡的益智遊戲。在真實的世界裡，「天下沒有意外」的慧見（insight），似乎無濟於事。最近在台灣發生了一件極其罕見的「意外」，立刻考驗了大家的IQ（智力商數）和EQ（情緒商數）……

台北市的某個婦產科，在接生嬰兒時擺了個大烏龍。兩個

媽媽錯抱自己的新生嬰兒,而且一錯就是十多年。最近,他們才發現這個「意外」,而且因為他們認定醫院有疏失,所以要求新台幣千萬以上的賠償;醫院雖然有意和解了事,但是因為求償的金額過高,所以一直無法達成協議。和解不成,當然只好循法律途徑解決糾紛。

在某種意義上,布坎楠完全正確。如果婦產科人手充足、程序完善,就不會出現抱錯嬰兒的「意外」。或者,即使發生這種事件,因為事先預為之計──婦產科先買了過失保險、而且抱錯嬰兒也在理賠的範圍之內──那麼,雖然善後問題很棘手,但是至少有保險這個安全網來緩衝。

然而,在理論和實際之間,畢竟有一段不算小的距離。並不是所有的醫療院所,都有充分的人力和縝密的程序;至少到目前為止,保險公司很難算出「抱錯嬰兒、多年後發現」的機率。因此,眼前所需要的,不是布坎楠充滿智慧的「先見之明」,而是所羅門王調和鼎鼐、排難解紛的「後見之明」。

對於這個「易子而教」的事件,很多人會聯想到兩個家庭、特別是雙方父母和兩個小孩所經歷的情緒起伏。這種極其特殊的際遇,和一般人多少都經歷過的悲歡離合大不相同。這是小說戲劇裡才會出現的情節,在真實世界裡很難想像。不過,對法官來說,卻無從逃避;如果明確認定醫院有疏失,那麼賠償的金額和方式,顯然將是重點。

在傳統法學見解裡,對於契約不履行而造成傷害,主要有兩種賠償方式。一種,是以「回復原狀」為準;請人修家具,結果造成毀損,那麼回復原狀是基本要求。賠償的金額,就是

能讓家具回到沒有修繕時的狀態。另外一種，是以「契約履行」為準；請人修營業車，修好之後一天營業收入是兩千元。如果沒有依約修好，遲幾天就賠幾天的營業收入。這時候，賠償的金額，是視同契約已經完成；履約的那一方，可以享受當初簽約時所預期的好處。

可惜，這兩種參考座標，都幫不上忙。回到沒有接生前的狀態，不僅在實務上不可能，在觀念上也不容易揣測。而且，要為回到原始狀態定出一個價格，更是困難無比。同樣的，假設接生順利，沒有抱錯嬰兒；兩個孩子順利成長，兩個家庭也經歷正常的喜怒哀樂。那麼，和現在「易子而教」的情況相比，有誰能估量出這兩種歷程在價值上的差距、並且賦予一個金錢上的數字？

施懲罰殺雞儆猴

當這兩種傳統的法學思維都無濟於事時，也許經濟學者的思維稍有一得之愚。與其費盡心思，為這種絕無僅有的案例傷腦筋、希望能實現正義；不如採取往者已矣的態度，以往前看（forward looking）的角度，思索如何避免未來再發生類似的憾事。這時候，思考的焦點，不再是兩個受考驗的家庭，而是那個醫療院所。法官所定出的賠償金額，將是以懲罰「重大醫療過失」為著眼點；藉著懲罰過失，產生殺雞儆猴的效果。該記取教訓的，不只是這家婦產科，而是所有其他類似的醫療院所。一旦發生同樣或類似的疏失，它們將承擔同樣的代價！

在這層意義上，這種思維其實正呼應了布坎楠「天下沒有意外」的見解：如果遊戲規則明確，就不至於有「意外」出現；即使偶爾有特殊事件，這些特殊事件也是在預料之內，而不再是「意外」了。不過，經濟學者的這種思維方式，會不會令人意外呢？……

9-5　琢磨

這一章裡的四篇文章，涉及的問題雖然不同，但是在性質上都和法律有關。透過具體的事例，我希望烘托出一些學理上的考量。事實上，在這本書其他各章裡，也是重複同樣的演練。無論是對經濟學或法學而言，循教科書介紹理論，是一種方式；利用生活裡耳聞目見的事例論證，是另一種方式。依我多年的經驗，後面這種作法，更能有效的呈現學理的內涵、以及在現實上的意義。

當然，在陳述故事時，容易把焦點放在故事本身的情節，而忽略了較抽象的學理成分。在學理上，經濟學探討的重點，是「資源怎麼運用比較好？」；法學所探討的重點，是「官司怎麼判決比較好？」。如這章四篇文章所展現的，在這兩種視野之間，是不是能搭起某種橋樑呢？

10

一個中華、兩個民國

10-1　旁觀者迷？

在台灣時，我偶爾會接受邀約，到校外去作些講演、推廣經濟學。聽眾們的問題稀奇古怪，我多半能心平氣和的回應。但是對於有些大哉問，我總忍不住在回答時調侃幾句。

有些人似乎特別關心天下大事，因此會有人問：如果再不節約能源，以後能源用盡，是不是會回到農業社會？或者：放任資本主義的市場經濟，最後會不會變成美國獨霸天下？對於類似的問題，我的回應非常簡短：這種問題太大了，我的智能無法處理；而且，無論答案是正是負，都和我們離得太遠。譬如，即使我們很確定，彗星會在五百萬年後撞毀地球，對我們的意義也不大。因此，最好少想大事，多想和自己有關的小事！

雖然我沒有明言，其實還有深一層的思維：天下興亡問題太大，因此很難掌握，討論也就容易流於空泛。而且，無論結論如何，都和我們個人的生活無關。因此，不如多花時間心力，想些和自己有關的問題，比較務實一些。

這是我一貫的態度，我知道在學理上也站得住腳。不過，最近應邀到香港城市大學客座一學期，到香港之後耳聞目見，卻有一些不同的感受。主要的問題，當然還是兩岸三地的關係。這可是超出個人經驗的大事，多少有點「天下興亡，匹夫有責」的味道。會有這種感觸，我想既是遊子情懷，也多少摻有過客的眼光、以及旁觀者的心境。

在華人世界裡，中國大陸當然具有舉足輕重、動見觀瞻的

地位。這種引領風騷的情境，和改革開放之前相比，真是不可同日而語。因為大陸幅員廣、人口多、人民刻苦勤奮，所以只要政治穩定，很快將成為世界上最大的單一經濟體；不只主導地區性的發展，更將在國際舞台上具有關鍵的地位。

內地發展　面臨考驗

當然，大陸未來的發展，絕對不是一條康莊大道，而是將面臨各種考驗；除了經濟成長本身的難題之外，區域之間的分配問題，也將愈益重要。而且，長遠來看，經濟發展之後的政治轉型，更是對傳統文化的一大挑戰。不過，至少在短期（一二十年之內），有兩點因素，令人對中國大陸的前景樂觀。

首先，文化大革命的慘痛經驗，以十年浩劫來形容，一點都不為過。對目前的領導階層而言，都身歷其境；因此，維持政治社會的穩定，可以說是眾議僉同的心願。其次，改革開放之後，經濟快速發展；絕大多數的民眾，都嘗到經濟活動的果實。而且，參與經濟活動，會促使人們以務實、理性的態度面對問題。在這兩種因素影響之下，我認為在大方向上、在短期之內，大陸的發展前途看好。

香港的情形，一言以蔽之，是處在醞釀變化的階段。在大陸開放之前，香港穩坐東方之珠的地位；之後，很快就面臨上海的挑戰。而且，過去還占優勢的輕工業，現在正快速的被大陸所取代。此外，本身既沒有天然資源，又沒有特殊的產業。因此，在經濟活動上，香港顯然要慢慢琢磨出自己的定位；為

自己在華人經濟區、乃至於國際經濟體系裡，找到新的立足點。

香港優勢　華人自豪

然而，香港的問題，並不特別令人擔心。在港英時期，已經把香港雕塑成一個法治的社會；而且，在工作態度（work ethics）上，一般民眾的敬業精神，也令人印象深刻。在華人社會裡，香港可以說已經非常接近現代西方社會。這種境界，不只是香港人的驕傲，也足以令所有的華人自豪。

我認為，如果香港在兩方面持續努力，即使短期裡定位不明，長期的發展非常令人樂觀。一方面，是進一步加強英語教育，讓民眾能完完全全和國際接軌；另一方面，是加速推展普通話。如果這兩方面能齊頭並進，結果非常清楚：和大陸相比，香港人的英文能力強，可以作為大陸對外貿易的橋樑；和英語世界相比，香港人的中文較好，可以成為西方世界和大陸聯繫的媒介。因此，英文好，可以參與國際經濟活動；中文好，可以參與大陸的市場活動。香港因緣際會，可以享有雙重優勢（the best of two worlds）。所以，因為特殊的地理位置和歷史經驗，香港可以利用過去的基礎，把自己塑造成華人經濟圈裡的樞紐；這種地位，不是上海在幾十年之內所能趕上或取代的。

兩岸三地的另一環，當然是我出生、成長、工作的地方——寶島台灣。也許就是因為在島上生活呼吸了幾十年，身處其

中，對問題的體會也就更深刻。

　　台灣經濟，有非常令人肯定的一面。經濟上快速成長之後，已經開始民主化的過程；而要成為成熟的民主社會，還有相當一段路要走。然而，除了民主化的考驗和掙脫經濟不景氣的低迷之外，我認為台灣正面臨一個令人困惑的難題。

本土意識　不利台灣

　　簡單的說，在台灣社會，「本土化」和「去中國化」變成時髦的政治正確（political correct）。這是正常政黨政治攻訐傾軋之外的產物，而且方興未艾。台灣，明明承繼中華文化，而且在某些方面，事實上最可以宣稱是華人文化的繼承者、捍衛者、和發揚者。然而，現在不但揚棄豐富可觀的文化資產，還有意訴諸於抽象率直的本土意識。

　　當然，強調本土化的氣氛，不能完全歸責於某些政治人物；畢竟，如果沒有市場，政治人物不會無的放矢。本土化的主張，也許呼應了某些民眾的心聲；他們認為長期受到壓抑，希望有宣洩情懷的機會，但是，本土化的作法，不但自外於文化傳承，也和國際化反向而行。當其他社會正全力向國際接軌時，台灣卻似乎要走向「鎖國」的途徑。由長遠的眼光來看，在經濟和文化上，這種走向都不可行。不過，耗費在這個過渡階段的時間心力、以及所錯失的機會，卻是真實無比。至於要花掉多久的時間，才能度過這個過程；老實說，我不清楚。

　　對於超越個人經驗的問題，我一向保持距離；到香港之

後，心有所感。不過，即使能説出一番道理，大概只是想當然
爾的説辭而已。然而，雖然旁觀者迷，會心有所感，應該還是
那份貫穿兩岸三地的華人性格使然吧！

10-2　寇斯定理和台海兩岸衝突

在魯濱遜的世界裡，沒有人際之間的衝突、勾心鬥角、或
爾虞我詐；可惜，魯濱遜的世界，是小説裡的情節。自有人類
歷史以來，就有無止盡的紛爭。當然，化解或處理紛爭，也有
諸多文明與野蠻的方式。

在經濟學裡，以文明的手段來解決紛爭，有兩種著名的方
式：一種是由諾貝爾獎得主何尚義（J. Harsanyi）所提出，「無
知之幕」的概念──一般人訛傳，以為是由哲學家羅爾斯（J.
Rawls）所提出。每個人可以設想，在自己眼前有層薄紗，因此
不知道自己未來身分地位、聰明才智如何；在這種情形下，每
個人都會同意：設計出一套合情合理的制度，以處理未來必然
出現的爭議。

第二種處理紛爭的方式，是由另外一位諾貝爾獎得主寇斯
（Ronald Coase）所提出。當兩人之間發生衝突時，就可以設
想：如果兩人相愛結婚，利益一致，會如何處理原先的爭議？
也就是，當雙方發生衝突時，可以藉著「單一主人」（single-
owner）的概念來思索；如果爭訟雙方結婚，或者由同一位主
人、同時擁有權益發生衝突的資產，那麼就可以重新檢驗整體

的權益。譬如，上下游的工廠，由同一主人所擁有；或者，機
場附近的居民，也同時是航空公司的股東；或者，在暴風雨中
的貨輪，船長可以假設自己就是船主和所有貨物的貨主。

　　事實上，無論是哪一種方式，解決紛爭的關鍵，追根究柢
顯然還是在當事人的「自利心」；只要在理智或情感上，當事
人能覺得對自己有利，就自然會有所取捨。這個觀念，可以藉
一個有名的歷史故事來反映。當孟子見梁惠王時，惠王問他不
遠千里而來，帶來什麼好處？孟子回答：沒有世俗的利益，但
是有層次較高的利益——仁義。然後，就一展如簧之舌，試著說
服惠王，追求「仁義」可以得到諸多好處！因此，雖然孟子的
用語和一般人不同，其實還是訴諸於惠王的自利心。

　　在廿一世紀初，地球上最重要的衝突之一，無疑的是台灣
海峽兩岸的對峙。既然沒有更高層次的權威可以依恃，那麼有
沒有觀念上的巧思，能說服雙方基於自利而化解紛爭呢？

　　關於處理海峽兩岸的衝突，在利用單一主人的概念、提出
「解決方案」之前，不妨先呈現一些事實。在經濟方面，2003年
台灣人口是2300萬，每年產值大約3080億美金；在經濟上，非
常依賴對外貿易。中國大陸的人口是12.4億，是台灣的56.5倍；
每年的產值是10800億美金，是台灣的3.5倍。此外，在面積上，
大陸是台灣的267倍。在客觀的條件上，中國大陸是全球最大的
單一市場。如果大陸經濟維持目前成長的幅度，很快的將成為
國際經濟體系中，最主要的一分子。

　　同時，在政治方面，在台灣的「中華民國」，成立於1912
年；在大陸的「中華人民共和國」，成立於1949年。中華民國有

九十年的歷史，中華人民共和國（中共）有五十四年的歷史；
和中華文明五千年的歷史相比，兩個政治組織都很年輕。根據
這些事實，可以進一步考量：就兩岸衝突而言，由單一主人的
角度著眼，什麼是「利」之所在？怎麼追求？

在觀念上，中華民國和中華人民共和國，都只是政治組織
（political configurations）。涵蓋這兩個政治組織的「單一主人」，
是中華文明或華人社會；而對中華文明或華人社會來說，利之
所在，當然是在舉世的各種文化裡，能延續和發揚華人的文
化，包括語言、文字、思想觀念、風俗習慣、生活方式等等。
而要延續文化，中外歷史一再證明，必須有適當的機制，能保
持文化的活力，避免文化的陳腐衰頹。

回顧華人的歷史，朝代不斷更迭；號稱統一天下的盛世，
也不過維持兩三百年而已。原因很簡單，大一統隱含單一的文
化；因為缺少多元文化彼此的競爭，所以當開國時自我節制的
機能退化時，就會漸漸窒息而終於改朝換代。因此，當兩岸華
人已經在經濟上站穩腳步，準備進一步揚眉吐氣時，就值得仔
細思索：如何追求「文化的延續和繁衍」這種長遠的利益？更
具體的問題，就是如何在華人文化的體系內，發展出競爭的機
制？對於繁衍和發揚中華文化，當然必須要透過政治組織來操
作；考慮海峽兩邊的人口和面積，中華人民共和國顯然要負起
主要的責任。可是，怎麼做呢？

在中國大陸境內，有政經體制的限制，還有國防上的考
慮；所以，要有意的維持文化內的多樣競爭，並不容易。以台
灣海峽相隔的台灣，在歷史因緣際會的巧妙安排下，剛好提供

了最好的機會。具體而言，對於中華人民共和國來説，基於繁衍文化這個長遠利益的考量，值得主動宣布，放棄對台灣使用武力！可是，一旦中共這麼做，台灣宣布獨立怎麼辦？確實，這會是絕大多數人的直覺反應；不過，換個角度想：台灣獨立，只是第一步，第二三四步呢？

　　試想，當中共宣布放棄武力時，假設台灣真的獨立；但是，這只不過是政治組織的調整而已。在語言文字、工作生活等各方面，台灣還是華人社會的一部分。而且，在經濟上，台灣對中國大陸依賴的程度，只會日漸加重。既然在經濟上，雙方不可能漸行漸遠；因此，在四五十年之後，兩岸關係幾乎必然會像歐盟各國、或美加兩國般的互通互惠，但同時又各有立場、各有特色。

　　關於華人文化的繁衍和發展，不妨以其他文化的發展經驗為對照。就近取譬，日耳曼人和日本人的聰明才智、紀律、勤奮，個別來看絕對超過英國人；可是，為什麼今天英語成為世界語，美加澳紐等英語系國家在國際社會引領風騷，而德日卻依然故我？顯然，如果在文化裡沒有自我防腐的機制，最多只能像德日一樣維持小康而已。

　　一言以蔽之，解決紛爭的方式有很多種，「自利心」是關鍵所在。對於解決兩岸僵局，中華人民共和國已經成為主導力量；基於繁衍發揚華人文化的自利考慮，值得主動宣布放棄對台灣使用武力！

10-3　一個中華、兩個民國──之一

一個中華，當然是指中華民族（或中華文化）；兩個民國，當然是指台灣海峽兩岸的中華民國和中華人民共和國。

中華民族（或中華文化）這個名詞，雖然有大致的輪廓，但是並不容易明確的界定。相形之下，中華民國和中華人民共和國的定義，要清楚得多。中華民國（台灣），創立於1912年，國父是孫中山先生；中華人民共和國（中共），創立於1949年，毛澤東是主要的推手。在廿一世紀初，兩個民國之間，還是處於很微妙的情況。在政治上，是一種緊張對峙的關係；可是，在貿易文化等其他方面，關係卻日益緊密。

對於化解兩個民國之間的紛爭，已經有汗牛充棟般的論述；我從一個華人和一位社會科學研究者的立場，希望能稍稍添增一點新意：

我立論的前提，是中共值得站在繁衍和發揚中華文化的立場，主動宣布放棄對台灣使用武力。如果台灣因此而宣布獨立，在華人文化中將有兩個主要的政治實體（political configurations）；長遠來看，這可能是華人文化興盛流長的契機。對於許多（甚至是大多數的）華人而言，這種主張幾乎是癡人說夢。因此，我推論的過程，值得交代清楚。首先，由簡單的地方著手。台灣，毫無疑問是華人社會的一部分。而且，因緣際會，在經濟上曾經快速發展；就經濟指標而言，即將成為已開發國家的一員。

在廿一世紀初，台灣社會正面臨兩個重大、而且是前所未

有的考驗。一方面，在華人文化裡，向來是大一統的思想；而且，中央集權，行政權凌駕一切。華人的文化傳統裡，從來沒有三權分立、制衡的經驗。因此，要在行政和立法這兩股力量之間，琢磨出一種可以運作（operational）的互動關係，顯然是一個艱辛的過程。

華人文化裡的兩種桎梏

目前，無論是哪一個政黨執政，總是希望能同時在立法部門居於多數。可是，這種期許、這種運作方式，不過是延續歷史上行政權獨大的傳承。只有當執政黨在立法部門是少數，而行政和立法兩者之間，還能有效推展政務，才算是掙脫了華人文化中的桎梏之一。

另一方面，在華人文化裡，從來沒有獨立的司法。司法，一向是為行政服務。可是，由中外社會的經驗來看，有了獨立超然的司法，社會才有真正穩定的根基。在這一點上，日本和德國的經驗，可以說是血淋淋的例子。日本人和日耳曼人，都是守紀律、勤奮、聰明才智可觀的民族；可是，在二次世界大戰之前，雖然有完整的司法體系，但是卻臣服於行政體系之下。在二次大戰時，司法更幾乎成了軍國主義的幫凶。

對台灣來說，要雕塑出獨立的司法，能和行政立法平起平坐、彼此制衡，可能更為困難。因為，多經歷幾次政權輪替，行政和立法之間，或許就能摸索出一種勉強的工作關係（working relationship）；但是，司法傳統的延續，卻沒有類似的刺激

和契機。因此,要掙脫華人文化裡的第二種桎梏,困難更大。無論如何,在這兩項挑戰上,台灣都是華人社會裡的先驅。長遠來看,台灣經驗在這兩方面的點點滴滴,可能要比經濟上的軌跡歷程更為重要。

其次,是比較棘手的問題。中共,在規模和力量上,當然已經成為國際社會的要角。不過,在廿一世紀初,中共的階段性問題,主要還是經濟發展。十二億人口的經濟體系,要在經濟上達到先進國家的水準,困難可想而知;在過程中所涉及的社會問題、貧富差距問題、區域均衡問題,都要經過一陣又一陣的陣痛苦楚。因此,至少在三五十年的歲月裡,中共所面對的主要問題,都將是經濟問題。當然,一旦中共在經濟上趕上先進社會,就要面臨長治久安的根本問題;也就是必須發展出制衡的政治體制,而不再是以黨領政、行政權凌駕一切。

再其次,兩個民國之間的關係,顯然是問題的關鍵。由華人文化的角度來看,台灣是華人社會具體而微的縮影;因此,台灣的經驗,是中共所可以參考依恃的重要材料。如果台灣能掙脫華人文化裡的兩種桎梏,中共正可以就近取譬,大幅度的減少所需付出的成本。如果勉強把台灣和中共合而為一,試問對整個華人社會而言,到底是好或是不好?

如果台灣和中共都能先後步上民主的坦途,這兩個民國之間的競爭,將是華人文化去腐防朽最好的保證;華人文化或許才真正走上一條合理可期的軌跡,可長可久。

「競爭」可以防弊興利

因此，基於以上的推論，中共對台灣的作法，顯然可以改弦更張。基於本身的利害，中共值得放棄對台灣使用武力，值得鼓勵台灣獨立自主，甚至值得推動台灣加入聯合國。因為，台灣的利益，本來就是華人社會的利益；中共幫助台灣追求利益，其實就是在追求自己的利益。事實上，最不願意看到兩岸關係改善，進而互惠合作的，可能反而是美國。因此，當中共支持台灣加入聯合國時，在安理會投下反對票（或在暗地裡扯後腿的），很可能是號稱民主長城的美國！

對經濟學者來說，「競爭」是防弊興利的不二法門。當然，在經濟活動裡，容易想像和運用競爭這個概念；在其他政治法律等領域裡，競爭的意義往往隱晦不明。不過，如果能細細推敲，經濟分析的邏輯多半能一以貫之。

仔細想想，在一連串歷史的偶然之下，中華文化裡出現了兩個民國；而「兩個民國」之間的競爭，是繁衍和發揚「一個中華」的大好契機。如果放棄了這個機會，不是太愧對了堯舜禹湯文武周公等列祖列宗、和世世代代的炎黃子孫嗎？

10-4　一個中華、兩個民國──之二

一年多前，我突發奇想：如果中國大陸宣布，放棄對台灣使用武力，結果會如何？

　　很可能，台灣會宣布獨立。但是，這只是第一步；而且，這只是政治組織在名目上的變換，實質意義有限。台灣還是要面對經濟問題，還是必須和中國大陸發展出密切的經貿關係。因此，跨越了第一步「台灣獨立」的立即反應之後，後面的推論似乎更有趣、也更有意義。

　　最近，這個念頭又偶爾在腦海裡浮現。可是，我私自揣摩，如果能在學理上找到支撐，說不定這個小主意可以發展成一篇短的論文。有天去台大露天游泳池晨泳，微涼的空氣，標準游泳池裡只有十來人，游起泳來感覺很舒暢愉悅。我記得，游到池子中間時，腦中突然一亮：寇斯的「單一主人」！

　　單一主人，是思索兩造衝突時的小技巧，由寇斯定理而來。如果上下游工廠，為排放污水而打官司；法官就可以想像，假設上下游工廠的主人是同一人，會如何處理爭端？既然是同一人，當然會基於整體利益的考量，追求最大的利益。台海兩岸的衝突，也可以由單一主人的角度來思索。由抽象的角度看，中華文化，是擁有海峽兩岸的單一主人。為求中華文明的繁衍昌明，中國大陸值得放棄對台灣用武；兩個社會之間競爭互惠的關係，是中華文化去腐防朽的最大保證。因此，結合寇斯定理和台海兩岸衝突，在理論和應用上都有新意。

　　文章寫完之後，我就分寄給幾位朋友，請他們批評指教。我陸續接到他們的意見，也都設法融入我的修訂稿裡。其中，牛津大學亞洲研究中心的主任曾銳生博士，寫了很長的一封電子信，提出很多有趣的反證。

　　曾博士的專長之一是歷史，對兩岸三地的問題，也曾有多

篇專論發表。他的主要論點，可以分成理論和實務這兩部分。在理論上，他認為，兩岸衝突含有太多情緒和心理的因素。中共過去的很多作為，都是不理性的；同樣的，在採取不理性作為方面，台灣也不遑多讓。因此，以經濟學「理性分析」的角度來探討兩岸關係，並不合宜。而且，對中共而言，已經明確採取「一個中國」的立場；一旦放棄這個立場，中共政權本身的合法性都出現危機。

在實務上，他條列式的舉出對我論點的質疑。首先，中國共產黨，完全不會接受「競爭」的觀點；對中共談兩岸的兩個政治組織之間和平競爭，就像期望火雞會慶祝耶誕節一樣（Turkeys do not celebrate Christmas）。簡單的說，夏蟲不可以語冰。

其次，我在文章裡提到，台灣和中共是人民內部的矛盾；中華文化上和其他文化的競爭，才是敵我之間的矛盾。可是，他認為，根據過去的經驗，中共在處理內部矛盾時，手段往往比處理敵我之間的矛盾更凶暴殘忍。中共建國後，開國元勳朱德、彭德懷、林彪等等大元帥，紛紛被整肅得流離失所、身首異地；相反的，國民政府兵敗被俘的將軍，雖然名義上是戰俘，但卻一直受到相當的禮遇。曾博士表示，讓他選，他一定選擇當中共的敵人，而不當中共的同志。

再其次，要求中共放棄對台灣用武，在政治上幾乎沒有可行性。即使台灣承諾不尋求獨立，但是十年二十年之後呢？在中共內部，大概沒有人會相信，一旦中共宣布放棄武力，台灣「不會」宣布獨立。還有，關於台海衝突，他認為，美國的利

益，並不在於以兩手策略、維持兩岸的矛盾以取巧謀利。對中共支持「一個中國」，同時又支持台灣的民主化，並不是美國的長遠利益。因為，美國的國力非常雄厚，並不擔心中共的競爭；對美國來說，東亞地區和平穩定，最符合美國的利益。至於是一個中國或一中一台，美國並不特別在乎。

此外，期望中共發揚中華文明，就好像希望花豹褪去身上的斑點和花紋一樣。事實上，在歷史上對中華文化破壞最大的，就是文化大革命；而文化大革命，當然和中共有直接的關聯。中共宣稱自己是中華文化的正統繼承人，只是口惠而實不至、名不副實的說辭而已。最後，他表示，雖然在兩岸關係上，台灣不是居於主導的地位；不過，對於自己的定位，台灣似乎從來也沒有明確的表達過。對於國家認同、文化認同，台灣社會似乎還沒有凝聚出眾所接受的交集。對於追求獨立而願意承擔的成本，也一向是模糊不明。

我認為，他的論點都有憑有據。對於台灣社會缺乏方向感的判斷，對於大陸在中華文化上面作為的針砭，更是特別一針見血，引人深思。至於從經濟理性的角度分析兩岸關係，我倒覺得並不是毫無空間。我寫完文章之後，也曾寄給在北京任教的一位朋友；他大表同意，而且告訴我，他將透過他的接觸，試著把我的文章刊在中共內部的刊物上。他認為，以中國大陸目前的政治氣候，我的文章不可能刊在一般性的刊物上；但是，在中共內部發行的刊物上，反而有可能把「異端邪說」作為討論材料。

當然，對我來說，如果因緣際會，「一個中華、兩個民國」

的概念，真的成為事實，我會覺得與有榮焉；不過，我也很清楚，觀念要影響人，需要非常漫長的時間。即使對現實沒有任何影響，我還是認為自己寫了篇有趣的文章；在理論和實務上都有新意，自己覺得很高興。

畢竟，我的身分是一位經濟學者，而不是政策研究者。對我而言，把經濟學弄得生動有趣，可能要比用經濟學去經世濟民更為重要！

10-5　琢磨

雖然古有明訓，「天下興亡，匹夫有責」；可是要論對天下大事，最好有適當的分析方法。否則，就容易變成想當然爾、坐井觀天，甚至是匹夫之勇了。我的訓練，主要是「微觀」經濟學，而不是「宏觀」經濟學；所以，對於範圍大、牽涉廣的議題，自覺力有未逮。還好，在思索兩岸問題上，可以利用「單一主人」這個技巧，稍微有些著力點。

「一個中華、兩個民國」的理念，前半部容易化解大陸民眾的疑慮，後半部容易呼應台灣民眾的情懷。所以，有理論基礎，又有實務上的可行性。這個理念，既呼應「一個中國、各自表述」，又合乎「一邊一國」；會不會成為化解兩岸衝突，討論的起點呢？

11

經濟分析的深層意義

11-1　經濟學的困窘

記得十幾年前、讀研究所快畢業時，在《大西洋月刊》（The Atlantic Monthly）雜誌上看到一篇文章，名為〈經濟學的困窘〉（The Poverty of Economics）。

文章的作者是羅伯卡特納（Robert Kuttner），一位專欄作家；他從半個經濟學者的角度，批評經濟學的匱乏和困窘。有趣的是，他列舉的例子之一，是一篇發表在頂尖學術期刊的論文。他認為，作者用數學模型來分析房屋市場，數學模型漂亮而嚴謹；可是，由文中卻絲毫看不出，作者是否真的了解真實世界裡的房屋市場。

論文的作者不是別人，正是我的指導教授。我把文章影印給他看，問他的意見。他聳聳肩，很有風度的說了一句：文章很有趣！等到自己成為專業的經濟學者，思索各種問題十數載之後，偶爾再想起這段掌故，我覺得已經能稍有所得。

經濟學裡用太多的數學，固然使分析精確，而且對傳遞和累積知識大有幫助；可是，會不會漸漸變成見樹不見林、甚至只見興薪？這個問題，在經濟學文獻裡，已經起起伏伏的爭議了幾十年。結論也一直相去不遠：對經濟學而言，數學大有好處，但最好不要役於數學。因此，這種時斷時續的爭執，並沒有激發出太多新的智慧；由這個角度所作的批評，也不能算是真正擊中經濟學的要害。

最近讀了《美國法律經濟學論叢》（American Law and Economics Review）裡的一篇書評，我卻深切的感受到，經濟學

威力有時而窮的窮處所在。被評鑑的書書名是雙關語，影射柯林頓的緋聞案——《國家大事》（*An Affair of State*）。作者，是享有盛譽的蒲士納法官（Judge Richard Posner）；出版者，是學術重鎮哈佛大學出版社。

在書裡，蒲氏旁徵博引，論證柯林頓的陣營戰略成功；把陸雯斯基案導引塑造成是單純的「性出軌」（just about sex），而避免了柯林頓在宣誓下說謊的偽證問題。蒲氏認為，對美國憲政運作而言，關鍵所在其實不是柯林頓的拈花惹草，而是事後撒謊、阻撓司法。書評指出，蒲氏取材論證嚴謹，分析敘述生動活潑，充分反映了蒲氏的才情和學養。但是，除了美言之外，書評也點出蒲氏力作的盲點。

如果柯林頓的緋聞案是由司法體系來處理，重點可能確實會集中在「偽證」這個環節上——總統私生活越軌是小事，妨礙司法運作卻是影響深遠的大事！可是，總統的緋聞案最先是由獨立檢察官蒐證，最後是由國會投票決定指控成立與否；既然是由國會來取捨，當然就表示民意走向會是主導因素——如果一般民眾說東，國會議員們不會不知好歹的硬要說西。

因此，審判柯林頓的，其實是美國的一般民眾。然而，在美國社會裡，長久以來已經形成一種暗流：在兩性關係方面，法律條文所規範的行為尺度，和一般民眾實際行為之間，有一段明顯的落差。譬如，在有些州裡，法律還明文禁止某些性行為、還禁止墮胎、還以刑法處理婚外情。而當法律和一般民眾的實際行為有落差時，民眾在心理上會逐漸累積一種排斥不滿的情緒；只要有機會，這股壓抑已久的積怨，就會像山洪般的

宣洩而出。

因緣際會，柯林頓的緋聞，正是觸發山洪爆發的那幾滴雨水！民眾同情、乃至於認同的是柯林頓，而不是那些僵化過時的法律；民眾所在乎的，是透過肯定柯林頓而肯定自己，而不在乎維護司法體系的尊嚴。因此，柯林頓的謀士利用民意所趨，巧妙的四兩撥千斤，化解危機於無形。對司法體系而言，緋聞案等於是無心插柳的提供了一個機會，促使司法體系反省檢討；或許能因此而跟得上社會變化的腳步，再次得到民眾的認同和支持。

我由書評得到的啟示，就是由書評所描述的民眾心理而來：雖然社會的思潮和民眾的心理，都確實會影響人的行為；可是，在主流的經濟學裡，幾乎找不到對「思潮」、「意識形態」、或「文化背景」的討論。主流經濟學所描述的經濟人，像是一個跨越時空、沒有文化束縛、不受意識形態羈絆的「黑盒子」。只要輸入某些價格所得數量的資訊，黑盒子就會打印出一個標準答案——經濟學者朗朗上口的「最適選擇」。

當然，主流經濟學的描繪，是一種簡化的分析；在分析人們絕大部分的日常行為時，確實不需要把文化、意識形態等因素納入。不過，如果要了解社會的變遷、要比較不同社會之間的差異，顯然就不得不面對這些因素。而我必須承認，以我所受（主流學派）的訓練、以我所閱讀的經濟文獻，我並不知道如何妥善處理這些你知我知、非常重要的因素。

911事件之後，曾經有人問我感想如何。我的回答是：對經濟學而言，也許以後會比較重視對文化（宗教）的研究。藉著

對文化差異的了解和分析，也許比較容易避免宗教革命式的極
端行為。經濟學確實有其困窘，但是過度數學化可能不是最主
要的困窘……

11-2　經濟分析的深層意義

在經濟學者裡，有幾位是公認不會得諾貝爾獎的「智
者」；蓋爾布萊茲（J. K. Galbraith）和海伯納（R. Heilbroner），
是其中最著名的兩位。蓋氏曾任美國經濟學會會長、甘迺迪總
統顧問、美國駐印度大使，著作等身；他的暢銷名著《富裕的
社會》（*The Affluent Society*）和《新工業國家》（*The New
Industrial State*）等書，對於工業化帶來的衝擊，提出發人深省
的分析。

蓋氏博學深思，文字優美，一生著述不輟；可惜，經濟學
者們普遍認為，他注定和諾貝爾獎無緣。主要的原因是，雖然
他見解過人、令人敬佩，可是他的學養自成一格，別人無從學
起。因為無從學起，他對經濟學發展的貢獻，就很難作恰如其
分的評估。

在某種意義上，紐約新社會科學院的台柱海伯納教授，和
蓋氏各擅勝場、彼此輝映；有同樣的成就，但是也有同樣的弱
點。事實上，和蓋氏相比，海氏學識的淵博浩翰，可能要有過
之而無不及。他的名著《世俗哲人》（*The Worldly Philosophers*）
和《資本主義的性質和邏輯》（*The Nature and Logic of*

Capitalism），前者跨越經濟學，後者貫穿古今；兩本書都一版再版，還被譯成多國文字，風行全球。

即使是一本不起眼的小書——《二十一世紀資本主義》（*21st Century Capitalism*）——海氏都見人所未見，展現他博古通今的才情……

在書裡，他擴充早先的論點、把人類歷史分為三個階段：最早是「傳統」（Tradition）的生活形態，人們打獵狩獲，一切以傳統為依歸。在這個階段裡的人們，生活被大自然的力量所支配，宿命般的反覆又反覆。接著，是「統御」（Command）的社會。藉著神權或武力、或兩者的結合，在少數人主導下，建構起封建式的組織；一方面聚集社會裡的財富，一方面追求他們所認定的目標。生活在這個階段裡的人們，對未來有一種不確定性，但卻不知道是變好或變壞。

最後，是十八世紀工業革命所揭開的序幕。由蒸汽機、汽船、火車以降的一連串發明，使人類社會踏上變動和成長的軌跡。在這個階段裡，人們對未來有所期待。人們期望未來會和過去不一樣，而且會變得更好。而所有的一切，都是環繞著「市場」（Market）發生。能把人類歷史大開大闔的分為三段，再論述各個階段裡的特徵，再歸納出各階段裡人們的心情和視野。這種學術上的氣魄和器識，是先天才情和後天博學的結晶；在方法論上難以言喻，其他的學者當然也就難以為繼。

和海氏及蓋氏「大哉問」的治學方法相比，諾貝爾獎得主寇斯（R. Coase）的分析方法要淺顯得多。他在1937年發表的論文〈廠商的本質〉（The Nature of the Firm），公認是「產業組織」

（industrial organization）的奠基之作，也是他得獎的兩大原因之一。在這篇文章裡，寇斯問的問題很簡單：「為什麼會有廠商？」

利用市場，企業家能在市場裡取得所需要的人力、機器、原料，完成整個生產過程；那麼，企業家何必要自己組成企業，再雇用或購買人力機器原料等，再由企業來組合這些生產資源，完成生產的過程？寇斯的答案很簡單：因為利用市場也有成本（這是「交易成本」這個概念的濫觴），所以企業家會自己估量，選擇對自己最有利的方式。如果利用市場比由自己來有效（譬如，採取外包、和協力廠商合作的作法），就毋需自己費神；相反的，如果自己統籌比依賴市場好（譬如，大公司有自己的醫務室），就由自己來發揮。

寇斯的分析，平實深入的反映了「選擇」（choice）的重要。而且，不只企業家要作選擇，人也無時不刻的在作各種取捨。選擇的概念，精確傳神的表達了經濟分析的重點所在。因此，在很多經濟學原理的書裡，都把經濟學定義為「研究選擇的科學」（a science of choice），可以說是有以致之。

不過，如果把海伯納的歷史視野和寇斯的慧見結合，更能發掘出經濟分析的深層意義：

就研究主題來說，經濟學所探討的重點，就是生產消費儲蓄、貨幣利率就業等等問題。而在分析方法上，經濟學所採取的基本架構，是一般人都能朗朗上口的「理性選擇」（rational choice framework）。

理性選擇，是指人憑著自己所擁有的資源、在面對環境裡

的條件和限制下，根據自己的自由意志，選擇對自己最有利的舉止。在「傳統」的社會裡，人只要遵循風俗習慣，毋需作選擇；在「統御」的社會裡，人必須在封建體系的階層結構裡，順服的扮好自己的角色，而無從作選擇。因此，只有當社會演進到以「市場」為活動重心時，人才享有「理性選擇」的機會和權利；而理性選擇的架構，也才有自然貼切的解釋力。追根究柢，理性選擇的核心觀念，就是寇斯在《廠商的本質》裡所提出、企業家所面對的情境：利用市場、或組成廠商？抽象的來看，理性選擇隱含一種「比較」的過程。而在作比較時，人總是有意無意的、直接間接的，找一些相關的參考座標，作為比較的基準點（benchmark）。

因此，企業家是以市場為基準點，考慮組成廠商是否更為有利；父母在考慮小朋友的教育時，是以公立學校為基準點，再評估上私立學校的優劣；單身貴族斟酌再三的，是相對於單身這個基準點，結婚的利弊為何。理性選擇隱含比較，而比較則意味著運用基準點和參考座標。提昇理性選擇的品質，當然也就意味著：人們值得有意識的思索，自己選擇時所依恃的是哪些基準點和參考座標？為什麼是這些基準點和參考座標，而不是其他？

這麼看來，經濟分析的深層意義，就是在「市場」所主導的社會裡，提供了一種簡潔、明確、一以貫之的思維模式。一方面，可以幫助人們面對變動不居的環境；另一方面，也可以作為人們在舉止進退上、安身立命的基礎。

由這個角度著眼，耶魯大學講座教授林伯倫（Charles E.

Lindblom）的《市場體系》（*The Market System*）這本書，就有相當的參考價值。在縱的發展上，作者回顧了人類經濟活動的演變過程；這是呼應海伯納的論述。在橫的發展上，作者則是比較在經濟活動上，市場和其他方式的差別；這是呼應寇斯的比較分析。

在縱向和橫向這兩條脈絡之下，書中還有許多有趣的敘述。譬如，他提到，經濟活動蓬勃發展後，企業組織愈來愈大；在全球排名前一百大的組織裡，只有一半是國家（政治實體），其餘都是企業集團。還有，技術進步和管理上的改善，使鐵欄杆的價格，由1875年的每噸160美元，大幅下降到1898年的17美元。

當然，市場體系也有潛在的問題——哪種體系沒有？譬如，作者指出，根據聯合國的資料，全世界人口裡的五分之一，消耗了全世界百分之八十六的商品；而最底層的五分之一人口，只消耗不到百分之三的商品。還有，根據研究，隨著經濟活動和市場的擴充，一般人卻普遍覺得愈來愈不快樂；似乎，物質的富裕，並不能帶來心靈的滿足。顯然，還有許多棘手的課題，等著經濟學者處理；不過，對一般人來說，比較重要的是經濟分析所隱含平實有力的思維方式。在書裡，作者並沒有直接處理這個問題，但是讀者卻可以試著仔細琢磨：經濟分析的特殊視野到底是什麼？和自己工作和生活的關聯又是什麼？

事實上，無論是蓋爾布萊茲、海伯納、寇斯、或林伯倫、或其他許許多多的經濟學者，他們所一直努力嘗試的，都是一

樣;也就是由不同的角度,把經濟分析所隱含平實簡單的智慧
結晶帶給一般社會大眾!

11-3　經濟學的原理——之一

　　過去十多年裡,我一直教大學三四年級的學生和研究生;
這個學期,我自告奮勇,擔任一門大一經濟學的課。這門課主
要是開給法律系的新生,但也接受其他系級學生的選修。修課
的人數,原先超過四百人;經過一番折騰,以「繳報告才能修
課」設限之後,變為兩百上下;修課的學生,由一年級到四年
級都有。在科系的分布上,文理法醫工農商等學院,一個都不
少。

　　因為上下學期各兩個學分,不好用原文書,增加學生負
擔;所以我內舉不避親,以我和三位朋友合寫的《經濟學》為
教科書。這本書最早是在1996年出版,現在已經是第三版。當
初構思時,就希望能接近經濟學和學生的距離。因此,各個章
節裡,都穿插許多「實例與應用」;這是我們那本書的特色,
也很受老師和學生、讀者的肯定。不過,用自己的教科書教了
幾個星期之後,我發覺我們再三斟酌的教材,頗有一些問題。
問題的關鍵,還是在於經濟學和學生之間的距離,這可以從學
生和經濟學這兩方面來看。

學術與現實之間的橋樑

對於許多學生而言,這一年的課程,大概是一輩子接觸經濟學僅有的機會。他們選課的動機不同,有些是好奇,有些是為工作著想,有些是想看得懂報紙的財經版。他們不像經濟系的本科生,會循序漸進的修一連串的課程;即使某一門課鴉鴉烏、有修沒有懂,可是浸淫三四年之後,早晚會摸索出一些經濟分析的思維。但是,這些選修生不同,無論他們修課的出發點是什麼,他們對經濟學的了解,就繫於這一學年的接觸。既然他們的背景五花八門、學習的目的不同,他們對經濟學的情懷,就有點像一般社會大眾一樣;知道經濟學很重要,也想粗通一二,可是未必能夠登堂入室、一窺堂奧。

我仔細看了教科書的章節安排,再瀏覽內容,再想想這些修課同學的生活經驗;我覺得,以這種正統經濟學教科書的內容,一年之後,學生們大概還是很難體會,經濟學和自己有什麼關聯。在經濟學和一般人的生活經驗之間,需要有一座橋樑,連接彼此;可是,經濟學原理的教材,卻似乎都沒有搭建出那座可貴的橋樑。別的教科書有沒有做到,我不願意置評;不過,至少我們自己的心血,還頗有所不足。

另外,由經濟學來看,這個學科當然有很多的層次。由大一接觸經濟原理、到經濟系畢業、到讀完研究所、拿到博士學位、到以教學研究為專業、到著作等身、到得到諾貝爾獎的桂冠、到留名經濟學的史冊,這可是一道寬厚無比的光譜。

在不同的層次上,當然有各自的趣味;對經濟學的了解、

反省和臧否，也當然有程度上的差別。不過，即使關心的議題或層面不同，經濟學最核心的部分，應該是所有層次的交集才是。這個交集反映了經濟學的精髓，也應該是所有研習經濟學的人念茲在茲、安身立命的依據。而且，這個交集的內涵，應該可以以適當的方式，生動平實的傳遞給經濟學的門外漢。

經濟學精髓四式以貫之

可惜，在我自己參與完成的教科書裡，我覺得兩者都付諸闕如；既沒有真正搭建起經濟學和一般人之間的橋樑，也沒有展現經濟分析的主要精髓。因此，為了彌補這種缺憾，我琢磨了好一陣子。在開學近兩個月之後，我在課堂上沒有預警的畫了四個圖形。我要同學們依樣畫葫蘆，並且記下我的闡釋；即使現在不懂，但是先記下，以後可以慢慢咀嚼回味。

（1）$0 > 0$；

（2）$1+1 < 2$；

（3）$1+1 > 2$；

（4）$0 \quad 0$。

第一個式子，一目了然。大比小好，多比少好；這反映了經濟學最基本的假設：「人是理性（rational）和自利（self-interested）的」。理性，是指人能思索、而且會思索；自利，是指人會設法追求自己的福祉。上菜市場時，沒有人會揀小的壞的酸的水果買。以小喻大，可見其餘。

第二個式子，違反數學定律，但是契合一般人的生活經

驗。在生活裡，舉目所見，多的是兩敗俱傷、以鄰為壑、搬石頭砸自己腳、或損人不利己的現象。這些，都是不合理的現象，和教科書裡面所描述的世界，相去十萬八千里或更多。不過，由理性自利的角度出發，卻往往能得到平實自然的解釋。也就是，「存在不一定合理，但是存在一定有原因」。由經濟分析的角度，可以試著解釋各式各樣的社會現象。

第三個式子，也違反數學定律，但卻是經濟學的核心精神之一。鼻祖亞當斯密的《國富論》，就是在探索合而兩利、國富民強之道。不過，《國富論》裡也多次強調，基於理性自利，很多人會贊成進口設限、提高關稅、價格管制等數不盡的措施。要調和私人利益和社會大眾利益，顯然不是簡單的事。因此，「好價值的出現，是有條件的」。

第四個圖形，卑之無甚高論；經濟學的視野，是由相對的立場，解讀萬事萬物。相對於國內廠商，進口設限是好事；但是，相對於社會大眾，卻不是好事。換種說法，進口設限的成本，就是消費者的福祉受到傷害；而成本的抽象意義，其實就是相對的概念。因此，經濟分析所運用的比較、選擇、成本等等概念，背後都隱含著「相對」的影子。抽象的來看，「一件事物的意義，是由其他事物所襯托而出」。

我認為，這四個圖樣，有點後現代式的顛覆；但是，卻能簡潔生動的傳遞出，經濟學精髓的一部分。教室裡一片沙沙聲，同學們都振筆直書。對於闡明經濟學的要旨，我自認為已經盡了點滴之力。可是，那道連結經濟學和學子及一般社會大眾的橋樑呢？……

11-4　*經濟學的原理──之二*

在學術期刊裡，一篇典型的經濟論文，結構非常清楚：作者先列出行為主體的目標函數（objective function），然後是他/她/它所受到的限制條件（behavioral constraints）。根據這兩個主觀企圖和客觀條件，作者就可以推導出行為者的「最適解」（optimal solution）。

無論行為的主體是消費者、生產者、政府、非營利組織等，無論所面對的問題是買電視、求偶、課稅、募捐等，都可以利用這個簡潔的分析方式。雖然，理論上得到的最適解，和實際生活裡的考驗之間，往往有一段落差；不過，至少在分析問題上，經濟學的這個「基本馬步」非常明確扎實。那麼，經濟學者在傳教時，又怎麼找出本身傳教的最適解呢？精確一點的說法，是如果經濟學者走出經濟學的象牙塔、而要向一般社會大眾宣揚經濟學的教義時，怎麼辦？什麼是「目標函數」？什麼又是「限制條件」？最適解的內涵又是什麼？

為經濟學入門搭建橋樑

觸發這個小哉問的，是自己最近的所見所思。這個學年開始，我教了一門經濟學；修課的同學，全都是非經濟系的學生；文理農工醫法商都有，大一到大四都不缺。經過一段時間，我體會到在經濟系和非經濟系學生之間，有一道不算窄的鴻溝。時間愈久，這種感覺愈清楚；然後，問題意識就逐漸在

腦海浮現。經過一段時間的琢磨，我覺得可以試著捕捉這個問題的輪廓。問題的目標函數，可以明確的定為：經濟學者（們），希望為非經濟系學生，寫一本經濟學入門書！

可是，說來奇怪，雖然有許多經濟學者，都以傳教士自居，希望向一般社會大眾宣揚福音；在學校裡，卻沒有特別為非經濟系本科生所規畫出的課程。即使有潛在的市場，在書店裡，也沒有太多為一般社會大眾而寫的「經濟學入門」；僅有的一兩本書，還是依賴經濟學裡供給需求曲線等等。對於一般民眾而言，似乎沒有太大的吸引力。目標函數固然清楚，可是所面臨的限制條件又是哪些呢？以我浸淫經濟學多年、並且長期撰寫「經濟散文」的經驗，我認為至少有三個基本的限制條件。

首先，這本為非經濟系本科生寫的經濟學，必須契合經濟學的主流。既然讀者不是經濟系的本科生，所以可以省略掉一些專業術語、技術性的概念、以及屬於枝節的細部材料。不過，在內容上，這畢竟是一本介紹「經濟學」的入門書；所以，自然而然，要呼應經濟學的主流。

個體經濟學愈來愈重要

譬如，當薩穆爾遜（Paul Samuelson）的《經濟學原理》，在1948年發行第一版時；前半部是討論失業、通貨膨脹等的總體經濟學，後半部才是討論家庭廠商等的個體經濟學。這種安排，反映了經濟學的歷史傳承；因為亞當斯密的《國富論》，主

旨是在探討整個社會的經濟活動。亞當斯密以降，歷代的經濟學者，也一直以「社會整體」為探討的重心；薩穆爾遜，是當時撐起經濟學大纛的領袖，自然延續了這個傳統。

不過，隨著經濟學的發展，個體經濟學的部分愈來愈重要。而且，經濟學者也體會到，總體經濟活動，是由眾多的個體經濟活動匯總而成；個體經濟學，是總體經濟學的基礎。因此，慢慢的，經濟學原理裡，都開始先談個體、再談總體。連薩穆爾遜的《原理》，也從1992年的第十四版起，改變作法，符合經濟學新的主流。非經濟系本科生所用的經濟學，在核心的部分，也必須在主流裡徜徉。

其次，這本為非本科生寫的經濟學，必須以非經濟系本科生為標竿。這種說法，似乎是贅辭、是廢話；其實，不然。為本科生撰述的經濟學，可以參考其他眾多經濟學原理的教科書；結合古今中外教科書的精華，加上作者自己獨自見到的道理，就可以孕育出另一本經濟學教科書。可是，對本科生而言，經濟學是一種學問，也是一種專業。對非本科生而言，經濟學只是他們接觸的眾多學問之一。如果不以他們的生活經驗為出發點、以他們實際所面臨的問題為重心，這本經濟學的入門書將如同過眼雲煙、船過水無痕。當然，以非本科生為標竿，和以經濟學主流為依據，是兩個彼此衝突的概念。就像又要馬兒好、又要馬兒不吃草，兩者不可能同時成立；不過，實際的情形，是馬兒和草都很重要，要兼顧這兩種價值。

蘊含陶冶社會公民養分

最後，這本為非本科生寫的經濟學，必須滿足一個現代公民的需要。這個條件，可以作為檢驗前面兩個條件的尺度。

一方面，在現代社會裡，一個公民至少要具備基本的智能，能了解社會主要的脈動。在經濟學裡，布坎楠（James Buchanan）所發展出的「公共選擇」（public choice），提供了對政治現象的解讀；蒲士納法官（Judge Richard Posner）致力的「法律經濟學」，闡明了法律的意義；貝克（Gary Becker）貢獻良多的「家庭經濟學」，對倫常關係和社會現象建立新的視野。因此，經濟學的主流裡，有充足的養分，可以陶冶一個現代社會的公民。另一方面，現代公民所面對的諸多問題──求學、就業、消費、儲蓄、娛樂、退休等等──經濟分析必須有明確的指引。使一個公民在現代的經濟體系裡，消極的能自保，積極的能追求自己的福祉。因此，這本經濟學又要有智識上的興味，又要像「汽車維護一二三」般的具體實用。

當然，關於非本科生用的經濟學，在觀念上設定「目標函數」和「限制條件」，並不困難；比較困難的，是在實際上展現出那個「最適解」吧！……

11-5 琢磨

這一章裡的四篇文章，都和經濟學有關，可以看成是我從四個角度反省經濟學。一方面，雖然經濟分析到處攻城掠地，戰果輝煌。可是，一旦落實到人們的日常生活，作為思維的依據，卻還有許多空隙。現在，似乎不需要再多強調經濟思維的長處，而是多檢討經濟分析的不足處。那麼，經濟思維的主要弱點，又是哪些呢？

另一方面，即使經濟思維還有許多缺失，相形之下，還是提供了一種明確有力的參考架構。經濟學者的責任之一，就是在彼此對談之外，還能和一般社會大眾對話。對經濟學者而言，最好能清晰、平實、而又深入的呈現「經濟思維」，使一般民眾能得其精髓。文章裡的「四大定理」，是不是好的起點呢？

美女與野獸

12-1　司法女神的容顏

名畫蒙娜麗莎的微笑，令人著迷，但也令人困惑；那淺淺的、似有似無的笑意，到底意味著什麼？有人說，那個笑容，是她知道自己懷孕了；也有人說，那個笑容，是她知道自己並沒有懷孕！

不過，無論笑意為何，蒙娜麗莎這幅畫的產權非常清楚；這幅世界最著名的油畫，擁有者是法國羅浮宮博物館。可是，雖然這幅畫的產權一清二楚，蒙娜麗莎的微笑呢？精確一點的說法，是舉世的博物館和美術館裡，有無數的名畫、名書法、名雕像等等；這些藝術品的「肖像權」，是不是在隨原作者逝世五十年後，就喪失了著作權的保障，而成為公共領域（public domain）裡的資源？

因為偶然的機緣，我才知道這件事的曲折。幾個星期之前，一位過去教過的學生來找我，他向我描述自己成立不久的網路公司。他和台灣、大陸等地的畫家簽約，把他們的畫作製成圖片檔；然後，加上作品說明和作者生平介紹。

網站的訂戶，主要是中小學等教育單位；只要每年付一筆費用，全校師生都可以上網瀏覽，還可以下載相關的圖片資料。對於教學和課外活動，這個網站都幫助很大。他精益求精，希望把歷代名家的書法和畫作，也作同樣的處理，使資料庫涵蓋古今，成為一個網路上的美術館。可是，當他著手去蒐集清明上河圖、王羲之的書法等等時，他才知道碰上了棘手的問題。

　　根據著作權法的規定，文學藝術等創作的著作權（copyright），在原作者死後五十年消失。然後，著作成為「公物」，任何人都可以自由使用。譬如，安卓韋伯爵士（Sir Andrew Lloyd Weber）的《萬世巨星》、《艾薇塔》等名曲，還享有著作權的保護；而莎士比亞的劇本，任何人都可以引用或出版。

　　依循這種思維，清明上河圖的畫作，現在早就是人盡可用的圖樣，就像莎士比亞的劇本一樣。可是，不然。即使在理論上，那幅畫的「肖像」——不是畫作本身——已經失去了著作權保障的期限；然而，誰能取得那幅畫的肖像呢？

　　在故宮和各大博物館、美術館，都有嚴格的規定，不准攝影。因此，一般人無從得到畫作的肖像。而且，這些博物館和美術館還發展出一種招數，間接的保有畫作等的肖像權——他們請專任攝影師出面攝影，而攝影的作品自然享有著作權！所以，即使是幾百年前的藝術品，經過這種安排，等於是憑空延伸了幾十年甚至是近百年的著作權保護。等到攝影師過世五十年之後，一般人才可以自由的運用攝影師的作品。

藝術品隱含有形和無形權利

　　由此可見，清明上河圖等藝術品，至少隱含了兩種權利：這件畫作本身，以及衍生出的權利。藝術品的肖像，衍生出著作權，也就受到著作權的保障。可是，明明是幾百年前的作品，即使是肖像的著作權，應該也是由原來的藝術家享有；他過世五十年之後，自動消失。為什麼在幾百年之後，還會由不

相干的人士、藉著攝影複製等方式，變相延伸原藝術品的著作
權呢？

兼顧原創者利益和大眾福祉

著作權，當然是眾多權利之一；而這種權利的意義，就值
得和其他權利作一比較。經由對照，或許更容易看出彼此的差
異。

土地房舍等不動產，大概是定義最清楚的權利之一。無論
天長地久，不動產的權利總是受到保障；只要經過繼承、買
賣、或饋贈的手續，不動產的權利，會無止盡的延續下去。在
另一方面，發明創新的專利權，一般都定為17年。在取得專利
之後的這17年裡，申請人的權利受到完整的保障；17年之後，
專利權消失，任何人都可以運用這種專利。在受保障的期限
內，專利持有者等於是市場裡的獨占廠商；以只此一家的地
位，享受特殊利潤。因此，當鎮定劑利布潤（Librium）享有專
利權時，一顆美金15元；專利終止之後，價格陡降為一顆美金1
元。

以17年的定期，保障發明創新，顯然有兩種功能：一方面
鼓勵發明創造，讓發明者享有自己努力的果實；同時，也限定
期限，讓社會大眾也終能同蒙其利。另一方面，對專利權設
限，是因為發明專利不像土地房舍；土地房舍看得到摸得著，
對一般人和司法體系而言，都容易辨認。可是，專利發明往往
是抽象的概念或方法，不一定看得到摸得著；一旦時間拉長，

要追蹤辨識，困難度愈來愈高。有爭議時，以司法來處理的成本也就很可觀。有了時間的限制，可以降低司法成本。

著作權，剛好就介於土地房舍和專利權之間。像土地房舍一樣，著作權伴隨著清晰可見的作品。不過，對於土地房舍，有專門的機構、普遍的登記權利；小說劇作美術雕刻等，卻沒有類似的作法──沒有必要；因為並不是每本小說都像《麥田捕手》，也並不是每首曲子都是《風中之燭》。當然，著作也像創造發明，既要考慮當事人的利益，也要考慮一般社會大眾的福祉。

故宮等博物館和美術館裡的珍藏，是從千百年來數不盡的藝術品裡，被篩選過濾出來的精品。它們既像土地房舍一般的代代相傳，也掙脫了專利權年久不可考證的顧慮。而且，它們的身分，不是由官方的機構登錄或驗證，而完全是由藝術愛好者和一般社會大眾所支持。因此，雖然原創者的著作權已經消失，但是藉著複製者（特約攝影師）的處理，這些珍品的著作權被巧妙的延伸了數十年。在某種意義上，這成了法律上的特例。不過，任何規則，都隱含了潛在的例外；當例外出現時，也許就值得以特例來處理。

畢竟，即使是蒙娜麗莎或清明上河圖或其他曠世名作，被延伸的「準著作權」（pseudo-copyright），也不過數十寒暑而已！

12-2　殺人償命，毀了骨灰罈怎麼辦？

一旦碰上看似棘手的問題，怎麼辦？華籍著名經濟學者張五常，常提醒人要「淺中求」；由淺顯處著手，反而容易上手。我個人的作法，則是要學生們「由自己的生活經驗出發」；在自己的生活經驗裡，萃取一些相關的、有異曲同工之妙的原理原則，然後活學活用。

滿眼蓬蒿共一丘

那麼，不管是淺中求或由生活經驗出發，毀了骨灰罈怎麼辦？

這是具體事例，不是假想性問題（hypothetical cases）或益智遊戲。在台灣中部地區，某個鄉公所擁有一個靈骨塔；塔高數層，裡面存放了數百個骨灰罈。鄉公所委託一個管理顧問公司，負責平常的經營事務。意外不長眼睛，連逝者都不放過。因為電線走火或燭火不慎，靈骨塔起火焚燒。撲滅之後，發現有上百個骨灰罈已經毀損；骨灰散落一地，分不出彼此。

骨灰罈的家屬們，悲痛難耐；他們認定鄉公所管理不當，要求賠償。鄉公所召開協調大會，謀求補救。可是，數百位家屬眾說紛云，莫衷一是。協調會開了兩三次，似乎沒有任何進展。當然，人多時，事情的性質變得複雜；如果只有三兩個骨灰罈受損，那麼該如何賠償呢？

我曾在好幾個不同的課堂裡，問同學怎麼處理這個問題；

當我到司法官訓練所去上課，面對數十位未來的法官和檢察官時，我也問他們這個問題：如果你面對這個官司，怎麼辦？可是，說來奇怪，雖然學生裡有不少閱歷豐富、位高權重的行政主管，卻沒有人提出思考上的著力點。最多，有好幾位指出，可以把散落的骨灰收集在一起，立碑紀念。這種作法，也許解決一部分爭議，不過並沒有處理賠償的問題。

由生活經驗以此例彼

我的一得之愚很簡單，由生活經驗裡類似的例子想起：

每一個人都有把衣服送洗的經驗，大概也都碰上或聽說衣物被洗壞的事。這時候，不論衣服真正的價值如何——包括原來客觀的售價、和後來物主主觀的價值——洗衣店會照行情賠償。行情，是洗衣界長久以來所形成的「行規」；目前的行規，是送洗價格的二十倍。因此，一件西裝上衣，可能值兩三萬台幣；但是乾洗一次170元，所以只會賠3400元。同樣的，銀行金庫可能失竊，保管箱被偷；這時候，無論實際損失是多少，也只會賠每年租金的某一個倍數。

因此，衣服送洗和銀行保管箱，提供了兩個平實面明確的參考座標（benchmark），可以作為思考骨灰罈問題的基準。因為，靈骨塔也是提供一種服務；當服務出了狀況時，就可以根據每年所收取的保管費為基準，斟酌適當的理賠倍數。無論如何，重點在於思考的基礎是「契約未履行」，而不是抽象的「生命」或「親情」！

可是，如果循這種思維模式，幼稚園也是提供一種服務；萬一園方有過失，造成幼童意外死亡，難道也是以奶粉點心費乘上某一個倍數來賠償嗎？這真是個有趣的質疑，而由這個轉折上，事實上也正能凸顯出生活經驗的重要，以及法律明察秋毫的細致處。

在骨灰罈的事件裡，被保管的是已經沒有生命的物質（即使對活著的親人而言，意義非凡）；但是，在幼稚園的例子裡，被照顧的是活生生的生命。人類社會經過長期的演化，已經摸索出一些人同此心、心同此理的取捨尺度。因此，在送洗衣物和保管箱的事例裡，和生命無關；一旦出了狀況，是以服務契約的價格為基準。在幼稚園的例子裡，小朋友是重點；一旦出了狀況，則是以生命作為思索的起點。

服務契約與生命價格

不過，值得注意的是，即使生命本身出了閃失，都不可避免有大小高下的差別待遇。譬如，同樣是在交通意外中喪生，坐汽車、火車、和飛機的賠償，就是不一樣——即使喪失的都是生命。當然，汽車、火車和飛機的經營規模不同，賠償的能力也因而有大小之分。不過，從另外一個角度看，經營規模的大小，不就間接的反映了「服務契約」價值的高低嗎？坐汽車所付的票價最低，其次是火車，最貴的是飛機。因此，買便宜的勞務，有事故時賠的金額低；買昂貴的勞務，賠的金額高。在性質上來說，這種差別，不就和送洗衣物（水洗、乾洗）以及

銀行保管箱（大小之分）一樣嗎？

因此，無論是生命或物質（或介於其間的骨灰），本身並沒有客觀的價格，而是直接間接、明白隱晦的被賦予某種價格；採取生命無價的立場，除了滿足心理上高尚尊崇的虛榮之外，對於解決問題於事無補。美國著名大法官荷姆斯（Justice O. Holmes）曾說：法律的本質不是邏輯，而是經驗！（The life of the law has not been logic；it has been experience.）其實，比較精緻的說法是：法律的本質，是由眾多經驗所歸納出的邏輯；再利用這種邏輯，去處理千奇百怪的人類事務。

殺人者死，毀了別人的骨灰罈怎麼辦？……

12-3　高爾夫與言論自由

諾貝爾獎得主寇斯（Ronald Coase），曾在1974年發表一篇文章，名為〈商品的市場和言論的市場〉（The market for goods and the market for ideas）。文章的主旨，是利用「市場」的概念，分析言論表達這種活動的性質。

寇斯認為，媒體、報紙、書刊、雜誌等，都支持言論自由，反對任何形式的干預和限制；原因很簡單，因為他們就像生產一般商品的廠商一樣，希望擴充市場，以追求自身的利益。寇斯的譬喻，很有啟發性；而經濟分析以簡御繁的特性，又再次得到明證。不過，在商品的市場裡，經濟活動的界限通常非常明確；可是，在非商品的市場裡，活動的範圍卻往往模

糊不明。亞洲華爾街日報評論版最近的兩篇投書，就生動而深刻的反映了這種差異。

第一篇投書，執筆者是美國「奧古斯塔高爾夫俱樂部」（Augusta National Golf Club）的主席。文章的內容，主要是說明俱樂部所面對的一件官司、以及俱樂部的立場。

奧古斯塔高爾夫俱樂部，位於喬治亞州，也就是每年「名人賽」（The Masters）的所在。「名人賽」，當然是高爾夫球界的盛事。阿諾帕摩（Arnold Palmer）、金熊尼克勞斯（Jack Nicholas）、老虎伍茲（Tiger Woods），都曾在千萬電視觀眾的眼前，揮出令人難忘的關鍵推桿；前任球王為新任球王披上綠夾克的傳統，也是運動界的美談。

堅持宗旨謝絕女性

這個球場和俱樂部，在1953年由高爾夫界名人瓊斯（Bobby Jones）領銜成立；因緣際會，因為舉辦名人賽而逐漸享有盛名。可是，這個俱樂部只接受男性會員，謝絕女性；剛成立時如此，現在也維持這個傳統。最近，一個名為「國家婦女組織聯合會」（National Council of Women's Organizations）的女性主義組織，對奧古斯塔俱樂部提出控訴；認為拒絕女會員的作法，是歧視女性，違反男女平等的憲法基本精神。

在投書裡，俱樂部主席指出，球場並不排斥女性，而且歡迎女性球友；但是，俱樂部是一個私人組織，讓志同道合者可以聚會休憩，不受干擾。女童軍和衛斯理學院（Wellesley

College）等等，都是「只准女性」的團體；強制所有的私人組織容納兩性，是對私領域活動不必要的干涉。他表示，俱樂部將維持創立時的宗旨，官司奉陪到底。

男女平等的問題，已經打過無數官司；關鍵所在，是有沒有「其他類似的選擇」。因此，西點軍校只此一家，經費又是納稅人的錢，只好打破傳統，招收女生；街上小酒館林立，因此其中一家掛出「只限男性」的牌子，無關宏旨。奧古斯塔俱樂部，比較像西點軍校，還是比較像街角小酒吧？——讓法官去傷腦筋好了。

另外一封投書，至少到目前為止，還和官司無關；不過，就影響層面而言，要廣泛深遠得多。一位哈佛法學院的新生，在研究報告裡用了「黑鬼」（Nigs）這個字眼；雖然他是菲律賓裔，可能不了解美國校園裡「政治正確」（political correct）的重要性。結果，研究報告貼上網頁後，哈佛的黑人學生團體提出抗議；肇事的人公開道歉，風波大概可以就此平息。

模擬審判橫生枝節

沒想到，一位法學教授以這個事件為例，打算在課堂上舉行「模擬審判」（mock trial）；而且，他自己將擔任被告的辯護人。因此，風波再起，而且又橫生枝節——另一位資深法學教授，在課堂裡提到：「就法學論述而言，女性主義論點和少數民族論點的貢獻，少得可憐。」他是指在法學上，採取女性主義以及少數民族的觀點，並沒有帶來太多養分；他不是指女性

或少數民族的法律學者,作出貧乏的貢獻。

可是,學生團體一番抗議,法學院院長從善如流(?),立刻作出明快的處置。打算模擬審判的教授,他的課改由一位助理院長擔任。出言不當的教授,從此上課時有全程錄影;表面上的理由,是讓那些在現場會覺得言論刺耳、身心不適的學生,可以看錄影帶,避免身臨其境。實際的理由,當然有觀察監督教學的意味。

這一連串的事件和處置,到底是尊重每個人的自由,還是限制每個人的自由?

在觀念上,大學校園當然是追求真理的殿堂。象牙塔的好處,就是能摒去彌漫社會的諸多干擾因素;就事論事,不論事情的真相是多美多醜。因此,如果女性主義和少數民族的論點,沒有添增新的養分,當然值得(甚至是應該)探討。事實上,如果女性和少數民族的學者本身,在論述的質和量上相形見絀,為什麼不能「讓證據來說話」?同樣的,透過模擬審判,可以在受保障的環境裡,仔細檢驗糾結多刺、令人難受的問題。以活生生、血淋淋的事例為教材,難道比不上那些年代久遠的歷史名案嗎?法學教授勇於嘗試的作法,應該受到肯定和鼓勵才是!

然而,大學校園,畢竟也是社會的一部分。哈佛法學院,無從自外於校友、社會大眾、媒體輿論;而且,另一方面,校方當然也不能忽視校園裡學生和老師們的感受。因此,尊重現實、承認現實裡的局限,也是負責的態度。不過,現實,畢竟只是一連串事件的累積;大學校園的功能之一,就是容許和鼓

勵批判現實，開風氣之先。大學可以是帶動社會進步的先驅，而不是屈服於現實的波臣。

也許，這就是商品市場和真理市場的差別之一。在商品的市場裡，用供給和需求來分析已經綽綽有餘；在真理的市場裡，討論供給和需求之前，還有許多麻煩的問題需要先處理。也許，官司過後，奧古斯塔球場會開始舉辦「女子名人賽」（The Lady Masters）？

12-4　美女與野獸

美女與野獸的故事，總是很吸引人。不過，大概很少人認真想過，吸引人的，主要是美女、或是野獸、或是兩者的結合？

幾個星期前，台灣南部發生了一件罕見的意外。一個俄羅斯的馬戲團，到台灣巡迴表演；在轉移陣地時，用小貨車載運其中的一隻老虎。老虎關在柵欄裡，車外有馬戲團的廣告，也有警告的標示。但是，意外不長眼睛，說來就來。小貨車遇上紅綠燈，停在路口；路過的一位婦女（四十二歲，資深美女），一時興起，把手伸進籠子裡、想摸摸這隻大貓。大貓不領情，一口咬下婦人整隻手掌，吞進肚裡；婦人楞在當地，完全沒有料到老虎動作竟然如此敏捷。

意外已經發生，當然要設法善後。那麼，誰該承擔這樁意外的責任呢？

很多人會認為，那位婦人應該負責。老虎會吃人，即使不是天經地義，也是路人皆知。又不是三歲小孩，自己去招惹老虎，是自找麻煩，當然應該自己負責。大概還有很多人會認定，馬戲團和婦人都要負責。馬戲團沒有把老虎關好，讓人受傷；即使是婦人自己招惹，馬戲團也有疏失。因此，雖然雙方責任如何劃分，可能有爭議；可是，造成這件意外，雙方各打五十大板，合情合理。

判例違反常識

第三種看法，大概是絕無僅有的少數意見，也就是馬戲團要負完全責任。雖然這種看法有點違反「常識」，卻是符合法學傳統，而且歷史上確實有類似的判例。

老虎，是極端危險（ultra dangerous）的東西；當有人把這種東西帶到一般人活動的場所，等於是把潛在的危險，帶到別人的身邊。即使一般人知道老虎危險，通常也只是一種模糊的認知；在一般人的生活裡，誰知道老虎的習性到底如何、動作又有多敏捷？

因此，造成意外發生的主要原因，不是在婦女伸手去摸老虎那一刻，而是更早的那個時點——是馬戲團把老虎帶到大馬路上的那個時刻！先出現了這個潛在的麻煩，才會有後面真正的麻煩。而且，在性質上來說，潛在的危險甚大，但是防範意外的成本卻甚小。只要把老虎裝在籠子裡，再放在一輛較大的貨車裡；以「回」字型的方式來運送，就不可能有手腳伸進籠子

裡的事。或者，在運送途中，貨車後面跟著其他護送車輛，可以隨時處理靠近的人車。

事實上，「老虎傷人」只是個案，通則更為重要：在一般人正常工作活動的場所，如果有人帶來潛在的重大危害，當然要負起責任。譬如，載運工程用的炸藥時，自然不能像載運黃豆玉米一樣。運鈔車要有特別的鐵甲、要武裝護送，也是為了處理大筆現金所隱含的危險。還有，如果小偷跳進別人的後院，準備闖空門。那麼，小偷大概有心理準備，可能會碰上惡犬；但是，小偷大概不會期望，會碰上一隻鱷魚。所以，即使是小偷，都有權利免於面對「極端危險」的情境，更何況一般的人！

野獸不一定是野獸

當然，老虎咬斷手掌的事件，相對的還算單純。老虎就是老虎，美女就是美女；要防範意外也很容易。可是，如果野獸不一定是野獸、但必須和美女關在同一個籠子裡時，情形可能要複雜得多：

幾年前，台北市出現了一位號稱「電梯之狼」的年輕人，專挑單身女子下手；在利刃恐嚇下，好幾位受害人在搭電梯時，遭受狼吻。落網之後，年輕人入獄服刑，而且接受心理輔導；同時，年輕人也參與進修課程，不斷自修。

然後，年輕人參加大學聯考，考上台灣大學社會工作系。這時候，年輕人已經完成心理輔導，也符合假釋的條件。灰暗

的過去,即將消逝;光明的未來,就在眼前。只要兩個單位點頭,年輕人就可以成為台大的新鮮人,迎向璀璨的前程——只要假釋委員會同意,他就可以出獄;只要台大校方系方同意,他就可以成為台大的一分子。

憂慮成助紂為虐共犯

然而,消息曝光之後,事情有了微妙的轉折。在輿論壓力之下,假釋委員會遲遲不作決定;另一方面,雖然校方和系方都公開表示,歡迎洗心革面的年輕人。但是,私底下,同學、家長和老師們,都再三躊躇猶豫。萬一呢?萬一他故態復萌、又對系上或校園裡的女生侵襲,怎麼辦?萬一他畢業之後在工作上對受他輔導的對象侵犯,校方不是變成助紂為虐的共犯嗎?

這個版本的「美女與野獸」,確實要複雜得多;怎麼處理比較好,也的確費人思量。年輕人和老虎最大的差別,是年輕人是人、而老虎是老虎。這似乎是不言自明的廢話,其實不然。因為,即使經過多年的馴養訓練,老虎還是老虎;受到身為老虎的特殊待遇,無論是好是壞。這是老虎的「原罪」,但也是人們處理老虎最簡便容易的方式。

相反的,年輕人雖然犯了錯,而且造成的傷害可能猛於虎。但是,一旦他接受懲罰、再回到社會,人們還是把他當作平常人——法律這麼規定,其他的人們也希望他能往者已矣、重新做人。除非他犯的是類似變童症的行為,除非他一犯再犯、

三振出局，否則他出獄後的工作、求學、居住等，不會有差別待遇。如果他是變童症或三振出局，那麼他變成「危險甚大」；這時候，他已經接近老虎，而不再是一般人。

美女與野獸的故事，總是扣人心弦。不過，老虎就是野獸，不會變成美女；年輕人可以不是野獸，但是可能成為野獸。美女呢——除了有時候是天上掉下來的禮物之外，是不是也可能成為野獸？

12-5　琢磨

這一章裡的四篇文章，都是探討法學問題。最直接的啓示，就是具體的麻煩（老虎）容易處置，抽象的麻煩（狼人）難處理。因此，在司法體系裡，經濟力量依然發揮作用——「殺雞用雞刀、割牛用牛刀」，表面上是法律原則，其實不折不扣是經濟邏輯：殺雞用牛刀，成本太高；成本高的事，常人不會做，司法體系當然也不會浪費資源。

第三個關於言論自由的故事，透露出一個值得注意的警訊。在校園等公共領域裡，因為政治正確或其他因素的考量，言論的空間日益縮小。遣詞用字溫和而不傷人，固然是文明的表徵；但是，這可能只是避免衝突（和官司）的生存之道而已。蓄積的情懷，可能反而會在私領域裡宣洩。這是不是意味著，另一種無形的壁壘正在悄悄的形成？這是不是也意味著，人都該發展出多重人格，隨時變換因應？

13

特別來的不速之客

13-1　不得好死難道不行？

　　和其他的動植物相比，人類對於死亡，可以說是大張旗
鼓、而且非同小可。

　　人們對死亡這麼重視的原因，當然有很多。其中之一，是
人們會累積財富，而這些財富在死亡時要處置；長遠來看，如
果不以敬謹莊嚴的態度處理死亡，人們將沒有意願累積財富！
就是因為人們慎重其事，所以在歷史上曾經出現過、很多由遺
產所引發的特殊案例。由這些的案例裡，也激發了法學思維上
饒富興味的論對：

　　關於遺產最有名的案例之一，是美國南方喬治亞州參議員
培根（Senator Augustus Bacon）的故事。當他在廿世紀初過世
時，在遺囑裡明確指示：死後以遺產蓋一座公園，捐給市政
府；但是，只有白人的婦女和小孩，可以使用這座公園！

　　在當時，這可是遺澤長存、備受稱道的懿行。可是，物換
星移，1960年代民權運動勃興；在社會改革者的眼裡，「只准
白人的婦女和幼童」使用，不僅是種族歧視，而且根本就違
法。因此，民權運動者提出告訴，要求政府當局禁止這種違法
措施，結果得到勝訴。但是，公園開放之後，培根的後人也提
出告訴。他們宣稱，遺囑裡明確指定，公園只給特定人使用；
政府當局開放公園，明顯違反立囑人的意旨。既然如此，他們
要求依遺囑裡另外一條「無從履行」的規定，收回公園。

　　訴訟結果，美國最高法院裁定，培根的後人可以收回公
園！

　　對於這個判決，當代法學大儒蒲士納法官（Judge R. Posner）不以為然。他認為，當環境裡的條件改變時，毋需死守條文，而可以（應該）作與時俱進的調整。譬如，如果有人指定以遺產興建小兒麻痺醫院；當小兒麻痺完全絕跡之後，難道還要堅持不改初衷嗎？在這種情形下，法院可以讓這種醫院轉作其他的用途。因此，對遺囑文字作生硬的解釋，再把公園收回、發給參議員培根的後人；其實不合理，而且讓他們不勞而獲（windfall gains）。

　　蒲氏最有趣、也最有說服力的論證，是提出一個假設性的問題：如果參議員培根再世、或者他能預見到種族關係的變遷，那麼他難道還會禁止其他人進入公園嗎？蒲氏認為，以參議員培根在國會裡的表現和一生行誼來看，他相信培根會贊成開放公園。

　　事實上，蒲氏的論述還指出發人深省的一種思維：如果以死者為大，要恪遵遺志，那麼私人的遺囑，在位階上要比憲法更高。因為，只要經過適當的程序，連憲法都可以與時俱進的修改；相形之下，遺囑值得凌駕憲法之上嗎？蒲氏的見解，還可以從另外一個角度來發揮。既然遺囑的實現，要依賴司法體系的支時，因此要耗用社會資源；那麼，立囑人的意旨和社會上其他人的權益之間，當然值得作一折衷。

　　另外一件歷史名案，1889年發生在美國紐約；一位富豪的遺囑裡，指名由繼承人繼承遺產。可是，也許是繼承人自覺行為不檢，怕富豪更改遺囑；因此，他乾脆自己動手，謀害了富豪，讓遺囑早日生效！東窗事發之後，官司接踵而來：既然遺

囑裡指名繼承人，立囑人又沒有更改遺囑；那麼，繼承人（殺人犯）是不是可以依囑（依法）繼承？

法院裁定，不准繼承！原因很簡單，如果在這種情形下，還承認繼承人的權利，等於是昭告天下：所有有危機感的繼承人，都可以儘早動手；只是要小心點，不要被逮住，而有牢獄或殺頭之災！這種傳統法學的見解，確實有相當的說服力；而且，有些國家的法律，甚至明文規定：謀害立囑人，則不得繼承。可是，蒲氏卻提出不一樣的見解。

他認為，雖然遺囑裡通常不會指明，「謀害我者不得繼承」；可是，這主要是因為降低立囑的成本。因為，如果問立囑人：你願意不願意讓謀害你的人繼承你的遺產？相信絕大數的人都會回答：當然不！蒲氏的觀點，為這個問題注入新意。而且，循著「假設性的思維」，還可以作進一步的探究。試問：如果立囑人被繼承人謀殺，但是未遂；立囑人康復之後，還是不改遺囑。或者，即使曾被謀殺，立囑人為了確保繼承人的權益，乾脆在遺囑裡注明：我太摯愛這位繼承人了，因此即使他謀害我，我還是希望由他來繼承！

在這種情況下，怎麼辦？根據「假設性的思維」，這時候就應當尊重立囑人的意旨；即使是被繼承人謀害，還是讓他繼承。可是，由另外一種觀點來看，司法體系對立囑人的權益，難道是沒有條件的完全加以保障嗎？因為，就像一般契約，法律尊重當事人自願訂定的條款，但是以不違反社會的公序良俗為限。立囑人的意旨受到尊重，但是也受到某種程度的節制。就像如果參議員培根再世，而且還堅持公園只容許白人的婦女

和兒童使用；那麼，法律確實可以依違反「民權法案」，判定這種意願違法！

因此，也許死者的確為大，但是不能大到無窮大；人確實可以不得好死，但卻不是任何一種的不得好死！⋯⋯

13-2　特別來的不速之客

在婚禮和大宴賓客的場合裡，偶爾會出現一兩位神祕人物。他們既不是雙方的親友，也不是當事人的長官或同事；大家心知肚明，他們是不請自來、吃白食的人。如果他們中規中矩，只是吃飯喝酒而已；別人就是心裡不舒服，多半是睜一隻眼、閉一隻眼。可是，如果他們除了吃喝之外，還在收禮的地方拿別人送的禮金；這種行徑，主人是可忍、孰不可忍？

對於這種得寸進尺的囂張行為，有人自認倒楣、息事寧人，不願意觸霉頭；可是，有人卻認為權益受損，要告到官府裡去，討回公道——和禮金！在本質上，道格拉斯和瑞塔瓊絲的官司，大概就是這麼一回事。

道格拉斯（Michael Douglas），是美國非常著名的電影明星，曾主演《致命的吸引力》（Fatal Attraction）——中年男子，一時性起，有了一夜情；女方不放手，使男方幾乎致命。男主角的父親，是老牌影帝寇克道格拉斯（Kirk Douglass）；對於兒子在片中的表現，他的評語是：兒子性格如此，演來自然入木三分！瑞塔瓊絲（Catherine Zeta-Jones），是英國威爾斯地方的

美女；出身平常人家，身材和演技一樣動人。道格拉斯一見之下，驚為天人；因此，花了大筆贍養費，和原配離婚，另娶新歡。

聲稱隱私權受損

他們的婚宴，號稱世紀婚禮；2000年11月18日，在紐約豪華的華苑旅館（Plaza Hotel）舉行。賓客有350位，花費近百萬。他們還請了專任攝影師，錄下整個過程——不是為了作紀念，是為了賺錢！他們把拍攝婚禮過程的權利，以100萬英鎊，賣給英國的《OK！》雜誌。自己辦終身大事，別人大事報導，還有白花花的鈔票進口袋。所謂金童玉女的說法，從此有了新的內涵。

當然，十全十美的事，畢竟少有。《OK！》雜誌的死對頭，《Hello！》雜誌千方百計，派出狗仔隊混進場。這一位（或幾位）特別來的不速之客，照下一些不甚唯美的照片。《Hello！》搶先刊出的照片裡，有一張是新郎餵新娘吃蛋糕；兩人動作稍稍滑稽，新娘身材似乎有點臃腫。原來明明是一樁美事，現在卻似乎成了鬧劇和笑柄。

男女主角大動肝火，認為隱私權受損；他們提出告訴，要求《Hello！》賠償50萬英鎊。同時，《OK！》雜誌也提出告訴，認為《Hello！》刊出那些未經授權的照片，影響了《OK！》的銷路；他們要求的賠償，是175萬英鎊。不速之客帶走的禮金，顯然並不是小數目。

　　雖然事情發生在美國，但是因為牽涉的是兩個英國雜誌，所以在英國打官司。對於這件官司，美國媒體報導的並不多；英國的報章裡，卻有大篇幅的報導和評論。有一位律師表示，婚禮本質上就是公開的儀式；所以，證婚人最後會問：「有誰認為他們不該結成夫妻的，現在請出聲！」因此，道格拉斯夫婦認為隱私權受損，說不過去。

官司仿似連續劇

　　還有人認為，世紀婚禮在前、官司在後，都是男女主角的表演。他們的爭執，既無關國計民生，又有傷教化；說不定，這是男女主角和兩個雜誌串通好，精心設計的連續劇。因此，法庭應該以「無關宏旨」（no merit）為理由，駁回官司。

　　不過，這件官司，即使真的是連續劇的一環；對法院來說，也不能掉以輕心。因為，這是英國簽署歐盟的《人權公約》之後，第一件有關隱私權的官司。在英國傳統的習慣法和歐陸的大陸法系之間，法院會如何取捨求全，可以說備受矚目。不速之客引發的糾紛，不只是區區禮金而已……

　　由「往前看」（forward looking）的觀點著眼，如果認定《Hello！》雜誌無罪，以後狗仔隊想必會更為猖狂。對名流聞人隱私的窺伺，顯然是如虎添翼。可是，在另一方面，如果認定《Hello！》雜誌確實侵權，道格拉斯夫婦權利受損；那麼，這等於是為未來的世紀婚禮、世紀華誕、世紀喪禮鋪路。公眾人物在享受各種特殊地位之外，還受到法律保護，進一步強化經濟

上的優勢。

似乎，兩種取捨，都不討好；不過，法院裡的官司，本來
就是如此。如果是非分明，根本不會鬧進法庭裡。然而，追根
究柢，這件官司的重點，還是在這場婚禮的性質和方式。對道
格拉斯夫婦而言，如果他們真的希望，這是一個「私人的」儀
式和喜慶；那麼，他們可以像瑪丹娜、披頭四麥卡尼等人一
樣，在真正偏遠的場所舉行婚禮，請一二十位至親好友相聚。
婚禮在紐約最熱鬧的旅館之一登場，又邀請了350位賓客，還有
數百位服務生進出——很難說這是私人的、隱密的活動。

公開的私人場合

因此，他們的婚禮，不能算是真正的私人儀式；他們作為
的性質，其實是刻意設計和營造的一種「公開的私人場合」（a
public private-occasion）。對於這種場合裡、公眾人物的隱私，法
院值得保障，但也只是有限度的保障而已。用世俗的話語來
說，他們選擇錦衣晝行，難免在錦衣上招惹來一些塵埃。

而且，他們不是花錢請攝影師，為這個場合留下紀錄；他
們是把這個場合，賣給出價最高的雜誌。既然是商業活動，有
營利的性質，當然就值得承擔相關的考驗。就像拿高薪的職業
球員一樣，他們要承擔激烈競爭下的衝撞、和對手有意無意的
犯規。道格拉斯夫婦希望營造王子公主、才子佳人的神話，同
時就要準備面對那些真實的、但不十分美好的片斷。試想，如
果350位賓客裡，有任何一位帶了袖珍攝影機，照了相，照片上

了雜誌；那麼，結果還是一樣，難道道格拉斯夫婦的官司仍然成立嗎？

這麼看來，問題的根本，不在於那位（或那幾位）特別來的不速之客；誘發問題的，是道格拉斯夫婦自己。他們引發問題，然後希望法庭（也就是納稅義務人）幫忙解決；這樣的戲碼，不知道有多少人願意買票入場觀賞？……

13-3　救活以就死

司法和醫學，是兩個古老的行業，也是兩個古老的學科。他們各自都有高貴的傳統，也有歷代輩出的英雄豪傑，更有數不盡的傳世論著。除此之外，這兩個領域還有一個共同點：他們都有明確的最高指導原則，一以貫之。在司法裡，追求和實現公平正義，是不二法門；在醫學裡，救人一命，勝造七級浮屠。

可是，如果救人一命的目的，是救活之後，這個人就可以被處死；那麼，面對這種情形，醫學界人士怎麼想？對醫學界人士而言，這的確是個難題。不過，無論醫學上怎麼看，態度如何；在司法上，已經作出取捨！

查理斯星格頓（Charles L. Singleton），是死刑犯。在1979年，他搶了一家便利商店，而且殺害了商店店員。被判處死刑之後，他就一直待在美國阿肯色州的監獄裡；一邊嘗試各種司法救濟的途徑，同時也準備執行死刑。可是，在漫長的歲月

裡，他罹患嚴重的精神病。他常常覺得有鬼要向他索命，因此陷入精神錯亂。不過，如果他服下一些藥劑，情況會緩和下來。因此，就出現了兩難。

喪失理智者免受死刑

根據美國最高法院的裁定，精神錯亂的人不能處死。如果星格頓不吃藥，精神狀態時好時壞，就不得處死；可是，如果他服了藥，精神狀態穩定，意識清楚，就可以執行死刑！所以，問題不是「在精神錯亂時行刑，或在意識清楚時行刑？」——如果有選擇，可能大部分人會選擇前者；何必在神智清醒時，去經歷心神上的凌遲和折磨。

現在的問題，是獄方能不能強制用藥，使星格頓情況改善，好到能夠處死？聯邦上訴法院剛剛作成判決：可以！獄方可以強迫星格頓服藥，而吃藥的唯一目的，就是讓他精神穩定、意識清楚、可以接受死刑。

判決是6比5，顯然贊成和反對這兩種立場，都論述有據；而且，雙方針鋒相對，僵持不下。多數意見認為，醫療的作用，是使人的生理情況改善；至於生理情況改善之後，會發生什麼事，醫生毋需操心。這種推論，當然言之成理：病人痊癒出院之後，可能遇上車禍橫死；可是，醫生毋需、也無從操心後半段，只要擔心治好病人這前半段就好。

少數的一方，當然也振振有詞。在一般的情形下，醫生的責任，就是把病人治好；病人好了之後所發生的事，和醫生無

關，也毋需醫生操心。可是，在星格頓的事例裡，情況並不是如此。醫生可以明確的體會到，改善病人的情況，並不是終極目的；終極目的，是讓病人好到可以處死。因此，**醫療真正的目的，不再是使病人情況改善，而是使病人情況惡化**；在觀念上，這當然違反醫療的基本信念。

少數意見的建議，是走第三條路。不是袖手旁觀，讓星格頓自生自滅；也不是強迫用藥，讓他好到可以上行刑台。第三條路，是強迫用藥，但是不執行死刑。星格頓因為面臨行刑，而陷入精神錯亂，已經受夠折磨。而且，根據最高法院的裁定，喪失理智者，免受死刑。因此，可以先認定星格頓已經喪失理智，免受死刑；然後，再在這個基礎上，對他強制用藥。如果他情況好轉，就在監獄裡度過餘生，而毋需再面對死刑的威脅。

少數派的意見，似乎也言之成理。不過，除非這個官司打到最高法院，而最高法院作出不同的裁決；否則，星格頓的命運，將變成像荒謬劇裡的一幕：先服藥恢復理智，然後在神智清醒的情形下，接受死刑。——這時候，到底醫生是妙手回春，還是助紂為虐？還有，到底醫生是劊子手，還是最後行刑的才是劊子手？

然而，由某一個角度來看是荒謬劇，由另外一個角度來看，卻又未必如此。在常情常理下，對星格頓強制施藥、等情況穩定之後再行刑，確實令人猶豫遲疑。可是，如果星格頓的刑罰不是死刑，而是無期徒刑、或十年有期徒期；那麼，當他精神錯亂時，醫生可不可以強制施藥，使他病情穩定、比較接

近正常呢？

目光如豆有正面意義

　　如果可以，那麼前後兩種情況，在本質上不是一樣嗎？
——服藥之後，恢復正常，然後繼續服刑、接受處罰；不同的地
方，只是在於徒刑和死刑的差別而已。因此，在維持法律體系
完整的考量上，也許把過程切割開來、分別處理各個環節，確
實比較好。當醫生用藥時，只需要考慮如何改善病人的生理情
況；當監獄執行死刑時，也只需要考慮到在那個時點上、犯人
的精神狀態已經穩定正常。讓醫療的歸醫療，讓司法的歸司
法；目光如豆，見樹不見林，也有正面的意義！

　　由經濟分析的角度來看，美國上訴法院的判決，也有相當
的啟示。在經濟活動裡，通常是片斷、獨立、單一的交易；由
許許多多個別的經濟活動，再累積成整個經濟體系的狀態。經
濟分析所強調的效率，是界定在個別的交易上，而不是直接處
理最後的整體。原因很簡單，處理個別的交易，多半涉及小利
小害，得失非常清楚。一旦範圍擴大，要衡量和評估大利大
害，就愈來愈難。所以，容易做的事，成本低效益高，值得多
做；不容易做的事，成本高效益模糊，就值得仔細斟酌。

　　這種體會，當然可以作一般性的衍生，無論是在醫學領域
或司法領域裡，在追求各自的價值時，最好有利弊得失、也就
是成本效益的考量。事實上，不僅是醫學和司法這兩個領域，
在其他任何的領域裡也是如此；在追求任何價值時，都值得有

意識的斟酌，如何提昇那種價值的刻度、以及同時所隱含的得失利害。

「如果」讓星格頓服藥恢復神智的，就是最後為他注射行刑的人，那麼醫學、法學、經濟學、心理學……會怎麼看這個問題呢？

13-4 竊鉤者當誅！？

安瑞德（Leandro Andrade），偷了150美元的錄影帶，結果被判50年徒刑，而且不得假釋；艾溫（Gary Ewing），因為偷了三支高爾夫球桿，被判了25年，也不得假釋。這些判決，似乎都不可思議，簡直是踐踏人權；可惜，這些令人訝異的處罰，都發生在號稱民主法治最上軌道、人權最受保障的美國。當然，故事要從稍早的時刻開始說起……

1994年左右，有個累犯服完一半的刑期，假釋出獄；沒多久，他綁架了12歲的女孩寶莉（Polly Klass），然後冷血無情的殺害了那個年輕的生命。這件事黑白分明，人神共憤；既是累犯，又是假釋出獄，竟然不知悔改。讓這種人逍遙在外，簡直是讓定時炸彈在街上遊蕩。在民眾強烈的支持之下，加州州議會通過了「三振出局法」（Three Strikes Law）──只要是第三次犯刑事案，無論罪過大小，自動三振出局；刑期至少25年，而且不得假釋。有了這種法律，再也不會發生類似寶莉不幸的事件，真是人人稱快。一時之間，美國其他各州紛紛響應，通過

各式各樣的三振出局法。而幾年下來，在加州一地就已經有7000位累犯被三振出局。三振出局法，真的是劍及履及、立竿見影。

然而，三振出局法的缺失，也逐漸顯露。在某些州裡，第三次犯行必須是犯了傷害搶奪案等重罪，才會被三振出局。可是，加州的法律，卻不問輕重；只要是第三次犯案，無論大小、一體適用。結果，就出現了安瑞德和艾溫的情形——犯了芝麻綠豆大的錯，卻受到嚴厲無比的重罰。在加州7000位被三振出局的犯人裡，就有300位是犯了「竊鉤」似的微罪（petty crimes）。

那麼，用牛刀殺雞、竊鉤者誅，是不是違憲？美國憲法第八修正案標明：犯錯者不得受到殘酷和不尋常的懲罰（cruel and unusual punishment）。三振出局法，尤其是像安瑞德和艾溫的例子，是不是違反了美國憲法？

美國最高法院剛剛作成判決，以五比四的票數裁定，加州的三振出局法並沒有違憲。因此，安瑞德和艾溫，注定要在加州監獄裡待上50年和25年——因為他們分別偷了9支錄影帶和3支高爾夫球桿！

最高法院的理由，主要的有兩點。一方面，美國憲法規定，不准有殘酷和不尋常的處罰，這主要是指截肢、鞭刑等刑罰。到目前為止，憲法並沒有排斥死刑；因此，刑期為25年或50年，並不算殘酷或不尋常。也就是，最高法院的立場，是把「犯行」和「懲罰」分開來處理；不是針對「偷150美元商品判50年」這整件事，然後評估是否殘酷或不尋常，而是只看「懲

罰」這一部分。

另一方面，最高法院的多數意見認定，各州有各州的立法權；只要事權屬於各州，就應該尊重各州的自主權。如果加州的民眾認為，「三振出局法」不合理；那麼，他們應該透過自己的民意代表，修法改善。最高法院毋需借箸代籌，替美國民眾決定他們該立哪種法律！

最高法院的這兩種見解，可以說都有可議之處——要不然，不會四位大法官投票反對。只針對「懲罰」而不管「犯行」，是曲解憲法的原意；如果將來有某位老兄第三犯出局，是因為偷了一瓶可樂，結果被判25年。這種結果，相信絕大多數的人都會認定，是「殘酷而不尋常」。而且，懲罰的原意，就是要呼應犯行；最高法院把這兩者分開處理，本身變成玩弄文字遊戲的刀筆之吏。

關於尊重各州的立法權，表面上合情合理，其實未必。當初通過三振出局法時，是著眼於類似謀害寶莉的累犯；對民眾的安危，這種人有重大的影響。可是，如果當初問選民和民意代表，偷150美元的小偷，沒有公共安全的顧慮，是不是值得適用三振出局法——坐牢25年或更久？相信絕大多數的民眾，會把這些雞鳴狗盜的瑣碎小罪排除在外。

因此，當時是激於一時的民憤，考量並不周詳；現在「竊鉤者誅」的副作用顯現時，最高法院剛好以司法最後長城（gate-keeper of the last resort）的地位，認定加州的法律違憲。這麼一來，不只是加州，其他有類似問題的各州，剛好可以藉機修法。否則，最高法院放手不管，讓各州自求多福，徒然延長

當初立法不周所產生的苦楚而已。

因此,後世看來,最高法院認為三振出局法不違憲,幾乎必然是毀多於譽。不過,比較深刻的問題是,如果最高法院堅持立場、而且加州也不修法;那麼,長此以往,三振出局法會造成什麼影響呢?

最明顯的,當然是竊鉤者誅的現象,還會延續下去。因為生理或心理因素或一時衝動,犯下第三次過錯的小偷小盜,將在監獄裡逐漸累積。其次,法律的公平性,也將持續受到考驗;被三振出局的人,可能是犯下持械搶劫或企圖殺人的重罪,但是也可能是順手牽羊偷了一瓶可樂。無論罪行類別和輕重大小,都被三振出局;這不只是雞兔同籠,而幾乎是黑白不分。

最重要的,是人們對公平正義的認知,從此要重新雕塑。對於罪與罰之間的關聯,一般人都有大致上的拿捏。可是,三振出局法、特別是安瑞德等事例,卻逼使人們要修正原先的認知。無論前兩次過錯如何,第三次失足就是要落入萬丈深淵、就是要竊鉤者誅。在其他的範圍裡,或許也就要類推適用:第三次遲到的學生、第三次早退的員工、第三次吵嘴的夫妻、第三次偷腥的丈夫、第三次結婚(離婚)的怨偶……社會大眾能接受這種尺度嗎?如果一般社會大眾在律己上沒有這麼精確,為什麼要求其他犯錯的人要如此精確?

被三振出局的球員,輪完一圈之後,還有再上場打擊的機會;適用三振出局法的人,則是至少25年之後才能再享自由——再有偷150美金錄影帶或一瓶可樂的機會!……

13-5 琢磨

在英美的主要報紙（紐約時報、泰晤士報等等）裡，都有關於法律的專題報導。或者是每週固定出版專刊，或者有專人執筆的專欄。這些專刊或專欄，定時報導最高法院的判決，並且評論分析。因此，法律不只是司法專業人員的事，也為一般讀者（社會上的公民）所關注。法治社會的維繫，就是由這些點點滴滴的作法所支撐。對於華人社會而言，法治多半還停留在「依法而治」和「人治」的糾纏裡。發展經濟，只要讓每個人自由的參與經濟活動，就可以逐漸有成果；發展法治，又有什麼適當的途徑呢？

此外，關於道格拉斯夫婦的官司，他們已經初審獲勝；上訴之後最後的判決如何，還是未定之數。不過，我在文章裡提出「公開的私人場合」（a public private-occasion）的觀念，相信以後會適用於很多類似的官司上。

沒有家的廚房

14-1　快樂的一天

　　在一般的客廳裡，常可以看到幾張獎狀、幾面獎牌。可是，客廳裡有金氏世界紀錄證書的，恐怕不多。我們家的客廳裡，就有這麼一張；而證書的持有人，是我母親。當然，媽媽得到這張金氏紀錄證書，不是因為倒立得最久、或吃了最多的漢堡⋯⋯

　　幾年前，台灣的金氏世界紀錄館（取得英國本館的授權）為了慶祝母親節，舉辦「母親之最」的活動，公開徵求參賽者。其中的一項，就是「生最多博士的媽媽」。爸爸知道之後，很積極熱心的幫媽媽報名，還三不五時打電話探詢競爭的情況。

　　時間一到，結果揭曉；媽媽生了五個孩子，全都有博士學位，是台灣生了最多博士的媽媽。頒發證書時，媒體還作了一番報導。媽媽有點高興，但也有點遺憾——早知道每個都是博士，就多生幾個，說不定不只是「台灣之最」，而變成「世界之最」。爸爸很高興，但也有點遺憾——父親節怎麼沒有辦類似的活動？

　　這是幾年前的事了，最近媽媽身體出狀況，幾次進出醫院。她現在七十多歲，主要的問題，是骨質疏鬆，容易受傷。她的幼年，正是對日抗戰時期；結婚之後，接連生了五個子女，又長年辛勞。她原本緊密的骨質，都移轉到子女身上和家庭裡了。

古道熱腸推薦名醫

上個周末，我回到台中看父母。媽媽剛出院沒多久，行動不太方便；背上還要背個金屬架，幫助支撐背部。週日上午，我開車，陪爸媽到附近山區的公園走走；媽媽出院後，還沒有出過門。現在身體好到能出去動一動，她很高興，有點像小學生去遠足一樣。

我們先經過麥當勞，買了早點。到公園之後，慢慢走到人工湖旁，坐下來邊吃邊聊；媽媽也脫了外套，露出背上的支架。早晨遊客不多，湖光山色，清風徐徐，大家都覺得很愉悅。十點左右，媽媽想回家休息；還沒動身，旁邊忽然有人開口。説話的是一位五十歲左右的中年婦女，旁邊坐的是她先生。她先説看到媽媽的背架，覺得很同情；又説成年孩子陪爸媽出來，很孝順。

她提到，自己是做模板的工人，和先生（陳老闆）一起做工；多年前，曾從鷹架上摔下來，脊椎挫傷。本來要開刀的，後來朋友介紹了一位中醫；吃一陣子中藥之後，就不需要開刀了。那位中醫師傅也很特別，過去懸壺濟世，後來閉門謝客。現在只有好朋友介紹的病人，他才會開藥單助人。她正巧要去中醫師傅那兒，問媽媽要不要一起去；請他開個藥單，對背部復健一定大有幫助。爸媽一直想找些中藥吃，就欣然同意。她先生騎機車，要她坐我們的車，免得跟丟了路。

宣傳伎倆自暴其短

中醫師傅的家不遠，就在東海大學後面的住宅區裡。房子是普通的民宅，客廳很簡樸；裡面沒有匾額、也沒有錦旗。師傅五十開外，皮膚稍黑；對於我們這三位不速之客，他似乎並不意外。主人煮水奉茶，然後問媽媽的病情；他說，他的中藥對背疾最有效；鹿茸加中藥，三個月就大不相同矣。中藥分成大中小帖，各要港幣五百一千不等，鹿茸另外算。

他一開口提錢，我知道不能再拖了。我扶起媽媽，說她正在吃西藥，中藥以後再說；而且，她今天出來已經許久，要回家休息。把她扶上車，回到客廳，發現茶几上已經有一支大鹿茸。我趕忙又把爸爸請上車，離開師傅和那一對夫婦。媽媽問：還沒有坐多久就離開，是不是有點不好意思？我心情初定的回了一句：那是一堆騙子！

在公園裡，他們開始搭腔時，我還不覺得奇怪；等他們說剛好要去師傅家、邀我們一起去時，我開始懷疑：怎麼這麼巧，是不是遇上了金光黨？可是，沒有確切的證據，我又不好明講。到了中醫師傅家，看到角落裡有一個黑板式的行事曆，上面記著：某某日送嘉義一萬粒，某某日送高雄一萬粒。那一刹那，我就確定這是騙局——光明正大的中醫師，毋需藉這種小伎倆取信於人。

等到師傅拿出藥單、開始講錢，更是明白不過；拿出鹿茸時，已經刻不容緩。如果他切下幾片鹿茸，再堅持是為我們而切；原先那對夫婦再唱黑白臉，或屋裡再出現幾個彪形大漢，

想脫身或善了可就難了！事實上，師傅奉茶時，我一直沒喝，就是怕茶被動了手腳。

爸媽聽了我的回顧，久久不發一語；後來，媽媽說：當時確實覺得有點奇怪，原來說是要拿藥方的，怎麼後來變成要花錢買藥！在回台北的途中，我回想這個騙局的過程，試著從裡面萃取出一些人生的智慧……

法律長臂有時而窮

原先的那一對夫婦，看來老實樸拙；婦人自稱只讀到小學三年級，但是古道熱腸、樂於助人。他們演雙簧，看準有病痛、心理上脆弱、不太設防的人下手；以藥單和鹿茸設局，騙個幾千或幾萬塊。相形之下，最近報上曾接連報導，好幾件虛設行號的事；詐騙的金額，都以十數億港幣計。當然，手法不同；那些可是精心設計，動用繁複的政商網絡和媒體搭配。因此，小騙子騙小錢，大騙子騙大錢；不同的供給，誘發不同的需求。

另一方面，如果我打電話給當地警察機關，說明原委，他們可能會派人去了解。可是，騙子們可以有一大堆說辭：朋友之間互相幫忙、都是自願的、鹿茸本來就很貴等等。理，未易明；法律的長臂，有時而窮。即使真的產生了嚇阻，那幾位騙子會真的就此洗手不幹嗎？還是會轉移陣地，繼續設局？

我離開爸媽時，他們心情還是很好：到郊外走了一趟，神清氣爽；碰上騙子全身而退，下次會有警覺心。加加減減，還

是度過了愉快的一天!

14-2　歷史的一角

2000年9月到翌年8月,我利用休假一年的時間,到牛津大學訪問研究;因緣際會,住進艾歷克爵士(Sir Alec Cairncross)的故居。然後,在一連串的偶然和巧遇之下,我掀起了歷史幃幕的一角。而那小小的一角,到今天還沒有放下。

艾歷克爵士(1911-1998),曾經擔任英國政府首席經濟顧問和皇家經濟學會會長;無論是在學術界或政界,都有可觀的成就。在他輝煌的事業裡,曾經受邀擔任牛津大學聖彼得學院(St Peter's College)的院長。因此,他在學校附近,買下一幢百年左右的大房子;他過世後,房子就由二女兒伊麗莎白繼承。

在老房子的書架上,有一本他的回憶錄;雖然他執筆時已經八十好幾,由書中的敘述,還是可以感受到他自然純真的個性。他回憶讀小學時,新來一位年輕漂亮的女老師,身材凹凸有致。老師自我介紹,提到體重;她說自己上健身房時,重八十磅(80 pounds, stripped for gym)。同學之一立刻高喊一聲,乘機吃豆腐:「吉姆好眼福!」(Lucky Jim.)。

另外,爵士曾到非洲某一國家,宣揚經濟政策和統計數字的重要。他提到,統計數字要善用,否則就會像巫術(witchcraft)一樣,害人不淺。講完之後,聽眾之一站起來發問:「巫術有什麼不對?」(What is wrong with witchcraft?)旁

邊的人悄悄告訴爵士，發問的人，就是當地的巫醫！

英雄所見略同

除了這些趣聞逸事之外，書中提到他博士論文的靈感：當有人認為是A影響了B時，也許其實是B影響了A，或A和B同時受其他因素的影響。這個體會，和諾貝爾獎得主寇斯的立場非常接近。後來，我陸續看了爵士其他的著作，發現他和寇斯之間，在看法上有非常多的共同點。慢慢的，我在腦海裡開始構思一篇文章，把艾歷克爵士和寇斯聯結在一起。後來，我果然寫成一篇長文，題目就是〈寇斯、凱克斯、和英式風格〉（Coase、Cairncross、and Britishness）。

在為這篇文章搜集資料時，我一直好奇：他們年齡相近（寇斯1910年出生，比艾歷克爵士早一年），都在英國成長和工作；雖然寇斯在1950年代移民美國，但是以他們的背景和經歷，應該彼此認識才對。

爵士曾出版近二十本書，包括前後發行了六版的經濟學。牛津大學有近四十個學院，各有各的圖書館，還有大學圖書館。我根據電腦的館藏紀錄，按圖索驥，到不同的學院圖書館裡去找書借書。可惜，我查遍這些書的索引，寇斯的名字沒有出現過半次。

可是，在《經濟史論叢》（Economic History Review）這份學術期刊裡，卻有一篇爵士的演講辭；他在演講裡提到「羅尼寇斯」（Ronnie Coase），而不是用「羅納德寇斯」（Ronald Coase）

的稱呼。顯然，他們應該是彼此熟識才是。不過，爵士的大女兒法蘭西絲告訴我，父親過世後，她整理所有的文件；無論是信函或其他資料裡，都沒有寇斯的蹤影。

另一方面，寇斯在1988年和1994年分別出版選集；在這兩本選集的人名索引裡，也沒有爵士的大名。可是，有一天我隨手翻閱他那本1994年的選集，《經濟學和經濟學家論文集》（*Essays on Economics and Economists*）；看到寇斯對老友鄧肯布萊克（Duncan Black）的回憶時，艾歷克凱克斯的名字突然由書中跳躍而出！原來，布萊克和艾歷克爵士是大學同學，都就讀於蘇格蘭最好的大學——格拉斯哥大學（Glasgow University）。這是亞當斯密曾經任教的學府，爵士後來也曾受聘回母校擔任校長。寇斯提到在1931年，布萊克和爵士曾經共同獲得一項獎賞。顯然，寇斯至少也知道艾歷克爵士。

寇斯這篇關於布萊克的文章，原先發表在1981年；布萊克過世後，寇斯潤飾增補原稿，再收入他的選集。在1981年出版的書，主編是鼎鼎大名的塔洛克（Gordon Tullock）；他邀請幾位著名的經濟學者，回顧布萊克在「公共選擇」理論上開創性的貢獻。寇斯的文章，就是選集裡的第一篇。我記得，這本書是收藏在總圖書館裡，要先填借書單，過兩三小時後才拿得到書。1981年出版的書，是淺灰白的封面，裝訂並不精緻。我借到之後，坐在圖書館的長板凳上看；看著看著，我突然發現，在1981年的文章裡，寇斯竟然沒有提到艾歷克爵士的名字！

為什麼呢？為什麼1981年的版本沒有，而卻在1994年的版本裡加進去？如果不是我為了寫論文，有誰會發現這個曲折

嗎？這個小小的意外發現，讓我覺得有一點激動。我記得，離開圖書館後，走在凹凸不平的石塊路上，兩邊都是莊嚴優雅、有幾百年歷史的建築；我走了好長一段路，心裡一直很好奇。

我左思右想，希望能找出可能的原因；後來，我認為唯一合理的解釋，是艾歷克爵士曾經受邀，在1984年訪問美國。他參加美國經濟學會當年的年會，並且在大會發表最重要的「理察艾理演講」（Richard Ely Lecture）。因為寇斯和布萊克是好朋友，所以後來他們談起爵士的演講時，布萊克可能告訴寇斯：他和爵士年輕時是同學，而且曾經一起獲獎。

「預撰」訃聞

這是我的揣測，雖然合情合理，但是真假不明。為了追根究柢，當時我寫了一封信給寇斯，除了感謝他年初的回信外，並且請教他關於艾歷克爵士的曲折。可惜，信寄出之後，至今沒有下聞。

不過，在寫那篇論文的過程裡，我最奇特的經驗，是有一次在火車上隨手撿起一份報紙。那是2001年2月17日的《衛報》（Guardian），在訃聞版裡，有一篇關於普羅登侯爵（Lord Plowden of Plowden）的訃聞；我發現，訃聞的作者竟然是艾歷克爵士——而這時他已經過世兩年！

14-3　沒有家的廚房

　　民以食為天，吃飯皇帝大。飲食，當然是重要無比的大事；而廚房，也自然有舉足輕重的地位——至少絕大多數的人是這麼想。因此，當幾年前我因緣際會，寫成一篇文章、挑戰這個傳統智慧時，覺得很有成就感……

　　因為我們新居附近，有數不盡的小吃和餐飲店，解決民生問題易如反掌；因此，我向內人提議，把家裡的廚房打掉，轉為他用。當然，我很清楚，拆了廚房，能使用的空間增大；可是，萬一要用廚房的設施時，就只能徒呼負負。在每一件事的諸多面向裡，總是一種利弊參雜的組合。因此，享受某種作法的優點，同時也要承擔這種作法所隱含的缺失。抽象來看，這其實正是經濟分析所念茲在茲的「取捨」。

　　文章在報紙的副刊刊出之後，引起相當的回響。同事朋友見了面，往往語帶調侃的問：「家裡廚房拆了沒？」到校外去演講時，我也常以廚房的故事開場，而毫無例外的，總是引發某些聽眾義憤填膺的質疑：一個家怎麼可以沒有廚房？廚房的功能又不只是做菜做飯而已！

廚房作例闡明思維邏輯

　　面對這些來勢洶洶、甚至聲色俱厲的挑戰，我早就胸有成竹，因此總是從容的一一回應。我強調，「廚房」只是用來闡明思維邏輯的一個例子而已；重要的是如何分析問題，而不在

於問題的結論到底是如何。而且，我發現由廚房去留所引發的思路，還可以和很多不同領域裡的看法相呼應。

譬如，競爭力大師波特（Michael Porter），在強調決定企業競爭力的五大因素時，認為其中最重要的，就是這個企業能不能時時思索「其他的可能性」（potential alternatives）。因為，和目前的作法相比，如果其他作法的「利弊組合」更勝一籌，顯然就值得去彼取此——如果拆掉廚房利大於弊，為什麼一定要食古不化？

還有，一位教發明創造的教授告訴我，發明的兩大要領，就是「不同」（different）和「更好」（better）——新的點子和現有的作法不一樣，而且在某些方面要更好。這兩個要件，就代表一種進展、一種有意義的變化。拆掉廚房的思維過程，其實就暗含創新的兩點要訣。因此，對於拆廚房，雖然絕大多數的人都期期以為不可，甚至覺得經濟分析走火入魔。不過，我卻自得其樂，甚至有點妙手成春、沾沾自喜的情懷——至少在事不關己時，我是這麼想。

上個星期，我和兒子飛到香港；這次是應香港城市大學之邀，到經濟及金融系客座一學期。帶兒子來，一方面是內人還要工作，不能分身；另一方面，是因為他是獨子，留在台灣可能太恃寵而驕，讓媽媽招架不了。到香港讀小學，也可以增加一些國際經驗。

城市大學很周到，提供了住處，就在校園裡。公寓裡一應俱全，除了該有的電視冰箱等家具之外，連碗筷杯盤、毛巾床單都一個不少；甚至，還有熨衣板和熨斗，以及兩把大小不一

的菜刀。顯然，城市大學已經相當國際化，隨時準備接待訪客，讓客人能立刻進入狀況。當然，公寓裡還有廚房！

不過，有沒有廚房，似乎無關緊要。城市大學旁邊，就緊接著一個大型百貨公司，裡面有很多餐飲設施；而且，大學本身，也有好幾個解決民生問題的地方。最大的餐廳裡，價目表上有幾十種快餐；每餐換一種，要吃完一輪，恐怕要好幾個星期。然而，吃東西，畢竟不只是把食物塞進肚子而已。兒子下午放學回家之後，自己作功課；我稍後由研究室回來，再一起到餐廳。雖然快餐的味道都還好——比台灣的調味稍微鹹一些——可是總覺得有點不對勁。父子倆相對而坐，兩個苦瓜臉。兒子想找媽媽，只是沒說出口；內人不在身邊，我好像不太自在。

所有過去其他人對拆廚房的批評，一下子全湧現在眼前：廚房，不只是做東西的地方而已，主要是醞釀家的感覺；自己家做的東西再難吃，還是有家的味道；廚房，是維繫一家人的支柱；沒有廚房，連家的情懷都沒有了！雖然宿舍裡確實有廚房，可是平日進出其間的推手並沒有出現；連帶的，家的感受杳然無蹤，兒子和我似乎變成心理上徬徨無依的喪家之犬。

當然，在理智上我可以說服自己，這只不過是情緒上自然的反應。過去的生活形態習以為常，現在換個環境，剛開始時總會覺得不適應。就像大家對廚房習以為常，自己提出拆廚房的主張時，也自然而然引起排斥。可是，雖然在邏輯上，我自覺前後一貫、無懈可擊；現在我卻開始懷疑，值得讓理性思維推展到這種極端嗎？心理上、感覺上、精神上順其自然的起伏

反應，難道不該有一定的空間嗎？

總有界限容理性放手

如果硬把理性思維無限上綱，把七情六欲、喜怒哀樂的空間擠壓殆盡；那麼，除了「冷血」的譏諷之外，不是有點倒果為因、反客為主嗎？畢竟，雕塑理性、運用理性的目的，是在追求更舒適自在的人生；理性，本身並不是目的，而只是達到目的的手段而已。除非運用理性思維本身，就可以帶來快樂，而且可以一以貫之、無遠弗屆；否則，總有理性可以放手、應該放手、必須放手的界限，而讓更率直、自然、原始的情懷接手。

因此，關鍵所在，似乎不是家裡要不要有廚房，而是家要像家。家裡有廚房，不一定像家；家裡沒有廚房，也不一定不像家。在邏輯上，我至頭至尾都是對的；但是，邏輯上贏了，又如何？……

14-4 以文會友

多年前，我曾看過一篇文章，作者是一位報紙的副刊編輯。他提到，當他到各地出差旅行時，腦海裡會自然而然的浮現：住在這個鄉鎮有哪幾位作家，以及他們之間，為了投稿退稿書信往來的種種。當時覺得，這種以文會友的情懷，非常別

致。多年之後,自己也成為「作家」,寫了不少文章;不過,我以文會友的經驗,卻頗不一樣。

我曾寫了一篇文章,名為〈我是體育老師〉;提到我在學校裡教體育,專長是頭腦體操──在經濟思維裡優游,有點像是益智遊戲、頭腦體操。我覺得這個譬喻很有趣,後來就用作為一本書的書名。

有一天,兒子從書包裡拿出一本《我是體育老師》,要我簽名;原來他的體育老師,因為書名而買了一本,看了之後想請作者簽名。我翻開一看,發現書裡畫了很多線,還記了很多心得。我簽名蓋章之後,還基於同行之誼,送了這位體育老師另一本書。後來,我又在某個體育網站上,看到真正的體育老師,討論我的那本書。對於我自稱是體育老師,網友們不以為忤,還對拙作頗有好評!

站在作者的立場,文章發表之後,總希望有讀者的反應。有一位香港的經濟學者,常在文章裡提到,他的大作一見報,讀者的信「如雪片般飛來」。據我了解,香港很少下雪;所以,我不知道,讀者寫信給他,到底是多還是少?我個人的經驗是,筆耕十餘年,前後接到讀者的信,屈兩手手指而可數;平均大概一年一封,和台灣玉山一年下雪一次,頻率相近。

不過,網際網路盛行之後,寫信的成本下降,最近偶爾會接到網友的信函。其中一封,提到買了一本我的書,《天平的機械原理》;這是一本論文集,主要是由經濟分析的角度,討論法學問題。天平的機械原理,就是由經濟學來解構司法天平。讀者告訴我,在書店裡,這本書是被歸入自然科學的「機

械類」書籍。

指鹿為馬的事，還不只如此。另外一位讀者，告訴我他買了一本我的《金字塔的祕密》。這是一本散文集，利用生活裡的故事，闡釋經濟學的概念。我認為，每一個學科都像是一座金字塔，底層是具體的問題，塔尖是核心概念；學科的趣味，就像在金字塔裡遨遊一樣。不過，讀者說，他是在某個關於埃及金字塔的網站裡，看到這本《金字塔的祕密》；還好，買了看了之後，並沒有太過失望。

透過網路的搜尋，我也找到一些文章，評論我的作品。有一位大陸的朋友，在文末提到我的經濟散文，給人一種超脫飄逸的感覺；「隔著海峽，不知道是什麼樣的養分才會達到如此境界。」他還表示，我最近出版的書，封面的照片都是側影或背影；他揣測，我自行其是，一定是個很有個性的人。在這裡，我可以很明白嚴正的說，我不是很有個性的人；內人要我向東，我絕不會向西。在這個是非不明、黑白不分、兵荒馬亂、遍地腥羶、滿街狼犬的時代裡，有個性要付出高昂的成本；我是一個還算稱職的經濟學者，不會去做成本很高的事。

另外一篇評論，題目有點嚇人：〈經濟學家的「精神分裂」〉。作者鐵口直斷，在經濟學家裡，有三個著名的精神分裂分子。一個是海耶克；他的名著《往奴役之路》、《自由的憲章》等，大家都耳熟能詳。可是，那都是屬於政治學的領域，而他卻得了諾貝爾經濟獎。作者認為，這是精神分裂。另外一位精神異常的經濟學者，是張五常。因為他總是口氣很大，不把別人放在眼裡；而且，不躲在書齋裡，還跑到街頭去賣柑橘；

「把老本虧得精光，然後自嘆不如一個街邊的小販懂經濟。這不是『精神分裂』是什麼？」

第三個精神分裂分子，是「台灣的熊秉元」。因為，「這個人不務正業，經常寫一些文章簡直是不知所云，一會兒寫文章給小朋友看，一會兒談宗教問題，一會兒談選舉問題，簡直跟經濟學一點兒也沾不著邊。一個以經濟學為自己專業的學者，不拿點什麼數位理論、經濟模型出來看，整天寫這些不著邊際的東西，像什麼話？不是『精神分裂』又是什麼？」

不過，經過一番似褒似貶的演繹，他的結論是「我以為那些好的經濟學家才會有『精神分裂』症。可是儘管我知道他們都『精神分裂』，我仍然敬佩他們，並且被他們不論是經濟學的或社會的、政治的表述所折服。」老實說，這篇文章，對我衝擊很大。以前，只有我內人叫我「神經病」，我一直不以為意；現在有人公開指責我精神分裂，也許我真的該到醫院掛號，檢查一下精神狀態。

十多年來，除了學術性的論著外，我寫了好幾百篇長短不一的文章。基本的目的，是向一般讀者介紹，經濟學的思維和內涵。文章結集出書，也已經有七八本；在大陸，也發行了簡體字版。我心目裡的讀者，是高中以上的學生和社會人士；好幾次，學生告訴我，他們是在高中時看了我的書，然後決定要在大學裡修我的課。不過，沒想到，我發現我真正面對的讀者，年齡竟然要小得多。而且，以文會友，毋庸外而求也，就在蕭牆之內。

前兩天，兒子用要哭要哭的腔調告訴我：只剩下一週，就

要小學畢業；老師還發了一篇文章，要他們查生字、寫心得。
老師發的文章，不是別的，就是我前不久發表在報紙副刊的散
文，裡面還提到小犬。他不但不以為榮，還不斷的埋怨：都是
你、都是你害的啦！——寫文章得罪人，這又是一例。

　　我不動聲色、心平氣和的解釋：我的文章和稿費、和他的
零用錢和玩具之間，有某種直接間接、明白隱晦的關聯。很快
的，他的腔調就恢復正常。但是，最後他代表同學反映意見，
說出小朋友們的心聲：「同學都說，以後請熊爸爸寫文章時，
少用成語，免得要一直查字典。」後來，我找出文章看，一篇
1800字的文章，大概用了40個成語，似乎真的多了一點。不
過，以文會友，竟然會到了自己讀小學的兒子和他的同學們，
真是有點始料未及。

　　事後想想，我覺得他說的有道理。為了他和我之間的親子
關係、為了他和他同學之間的同窗之誼、為了他們這些民族幼
苗的心理健康，以後寫文章時，我確實應該多注意；遣詞用字
盡量平鋪直敘，不要引經據典、舞文弄墨、加油添醋、旁徵博
引、上窮碧落下黃泉、說古道今、附庸風雅、自以為是、敝帚
自珍、孤芳自賞、自矜自是、言不及義……

14-5　琢磨

　　這一章裡的四篇文章，都和我有關；而且，和前面的文稿相比，要比較「個人化」一些。我一貫的企圖，是希望透過故事，論證分析、闡揚理念。因此，總有「文以載道」的企圖，為宣揚經濟思維而下筆。相形之下，這幾篇文稿，卻似乎是環繞著我個人的際遇；而且，筆下似乎不自覺的脫離「說理」的康莊大道，而在宣洩情懷的水流裡起浮。

　　可是，說來奇怪，前面各章的文稿見報時，都沒有引起特別的回響；這一章裡的好幾篇文章，卻頗激起了一些漣漪。好多人告訴我，他們很喜歡關於廚房的那篇文章；還有人從國外寄電子信函給我，認為那是我寫過最好的文章。我在香港時，也有剛認識的朋友告訴我：在我的文章裡，他印象最深的就是「快樂的一天」那一篇。

　　無論如何，我可以很清楚的說，最後一篇〈以文會友〉，純粹是排遣之作。因為寫經濟學的文章，而有特殊的際遇；但是這篇文章本身，卻幾乎沒有任何經濟思維！

INK PUBLISHING 印刻

深耕文學與生活

劃撥帳號：19000691　成陽出版股份有限公司　掛號另加20元

本書目所列定價如與版權頁有異，以各書版權頁定價為準

Smart

1.	一男一男	孫　哲著	160元
2.	只愛陌生人	陳　雪著	199元
3.	心的二分之一	曾　煒著	249元
4.	無性別界面	Arni　著	160元
5.	空城	菊開那夜著	200元
6.	這樣愛	楊南倩著	220元
7.	菌類愛情	孫　哲著	160元

冠軍

1.	求職總冠軍	潘恆旭著	200元
2.	肥豬變帥哥	阿　尼著	180元
3.	春去春又回──楊佩佩的戲劇人生	林美璱著	200元
4.	打電動玩英文	朱學恆著	199元

People

1.	總裁業務員	黃志明著	260元

Canon

1.	李登輝執政告白實錄	鄒景雯採訪記錄	399元
2.	浮出──尹清楓案為何剪不斷理還亂	涂鄭春菊著	260元
3.	搶救國庫──你應該知道政府怎麼用錢	張啓楷著	300元
4.	教改錯在哪裡？──我的陽謀	黃光國著	200元
5.	六十七個笑聲	王世勛著	230元
6.	公僕報告	向陽、呂東熹、黃旭初著	220元

Magic

1.	美食大國民 (1) 八大電視台「美食大國民」製作群策畫		199元
2.	美食大國民 (2) 八大電視台「美食大國民」製作群策畫		199元
3.	美食大國民 (3) 八大電視台「美食大國民」製作群策畫		199元
4.	喝自己釀的酒（水果酒）	王莉民著	180元
5.	喝自己釀的酒（糧酒、養生酒、年節酒）	王莉民著	180元
6.	喝自己釀的酒（壯陽酒、美容香花酒）	王莉民著	180元
7.	浴身──藥浴藥枕DIY	王莉民著	220元

INK PUBLICATION 經商社匯 1

經濟學者的十四堂法學課

作　　者	熊秉元
總 編 輯	初安民
責任編輯	陳思妤
美術編輯	許秋山
校　　對	辜輝龍　陳思妤　熊秉元

發 行 人	張書銘
出　　版	**INK**印刻出版有限公司
	台北縣中和市中正路800號13樓之3
	電話：02-22281626
	傳真：02-22281598
	e-mail:ink.book@msa.hinet.net
法律顧問	漢全國際法律事務所
	林春金律師

總 經 銷	成陽出版股份有限公司
	訂購電話：03-3589000
	訂購傳真：03-3581688
	http://www.sudu.cc
郵政劃撥	19000691 成陽出版股份有限公司
印　　刷	海王印刷事業股份有限公司

出版日期　2004 年5月 初版
ISBN 986-7810-96-1

定價　　260元

Copyright © 2004 by Bing-yuan Hsiung
Published by **INK** Publishing Co., Ltd.
All Rights Reserved
Printed in Taiwan

國家圖書館出版品預行編目資料

經濟學者的十四堂法學課／熊秉元 著.
－－初版，－－臺北縣中和市： INK印刻，
　2004〔民93〕面；　公分

ISBN　986-7810-96-1（平裝）
1.法律經濟學

580.165　　　　　　　　　93007534